NARRATORI DELLA FENICE

Visita *www.InfiniteStorie.it*
il grande portale del romanzo

ISBN 88-8246-965-4

ALESSANDRO BANDA

SCUSI, PROF, HO SBAGLIATO ROMANZO

UGO GUANDA EDITORE
IN PARMA

Chi scrive è persona informata sui fatti

Sala professori

Entrare in una sala professori è come entrare in un obitorio. Due salme, poste l'una accanto all'altra, su due lettini obitoriali contigui, comunicano? Chi lo sa? Forse sì, forse no. Magari è anche possibile che quei due gelidi cadaveri vicini vicini si dicano qualcosa. Si mormorino frasi impercettibili, impercepibili per noi vivi, o sedicenti tali. Chi può escludere che una misteriosa corrente di pensiero passi da questa testa morta a quella testa morta?

Comunque sia, è arduo, molto arduo indovinare la forma e il tipo di questa comunicazione tra cadaveri.

Nonostante ciò, possiamo dire che, la mattina, in una sala professori qualunque di una scuola qualunque di un posto qualunque, tra due o più professori, seduti l'uno accanto all'altro, la comunicazione è analoga a quella tra due o più salme d'obitorio.

Un professore malvestito legge o finge di leggere il giornale accanto all'altro professore malvestito (veramente: una professoressa malvestita) che, a sua volta, legge o finge di leggere il giornale o corregge o finge di correggere compiti. In realtà, i due, pensano.

Pensano cose turpi l'uno dell'altro, o dell'altra.

*

Ecco un'altra mattina a stretto contatto di gomito con questa zitella isterica. Ma guarda com'è conciata. Com'è acconciata. Con quel ciuffo color carota. Ma io lo so perché ce l'ha, quel ciuffo. Copre un porro. Un porro enorme. Che è l'unica cosa grande che ha in testa, la zitella, isterica. E guarda che faccia da lemure! Ma perché ti metti la minigonna, idiota?! Se le gambe non ce le hai! Se hai le tibie a vista! E anche il perone! E perché ti metti gli stivali?! Zitella nazista! Ilse, la belva del Terzo Reich! Sperimenta i nuovi metodi educativi (o rieducativi) a scuola!

Certi, si vede subito, fin dal mattino, che non hanno voglia di fare niente. Fin dall'alba. Si svegliano già stanchi. Come il pirla che mi sta a lato. Il pirla *a latere*. E se glielo dicessi, non capirebbe, dovrei tradurre, a lui, *che ha anche l'abilitazione di latino*! Fannullone aurorale! Legge, lui, il giornale! E scrive, lui, i suoi libretti – fin che trova chi per pietà glieli pubblica. Ma impegnati sui programmi, invece! Sugli obiettivi! Sulle funzioni-obiettivo! Pelandrone superbo! Sfaticato scribacchino dei miei stivali!

Tali, i loro pensieri; però dai volti impassibili, dai gesti inesistenti, da ogni centimetro quadrato dei loro corpi inespressivi, non traspare nulla. Nulla di nulla.

C'è silenzio, in una sala professori qualunque di una scuola qualunque di un posto qualunque. Al mattino. Prima che suoni il campanello della prima ora.

Non parla nessuno. O quasi. Qualche professoressa trafelata in effetti c'è che arriva di corsa, perdendo fogli, libri, astucci, scatolette di mentine, e grida, espone gridando dettagli della sua vita intima a un'altra collega che arriva, come lei, trafelata, correndo, perdendo cose.

Ma due sgallettate urlanti non bastano a trasformare una sala professori in un luogo vivo, e umano.

Ci sono professori ingenui, perlopiù giovani, poveri pivellini, che si sorprendono a pensare: e se io entrassi qui dentro, in questa sala professori spoglia, accogliente come una sala d'aspetto di terza classe (quando esistevano le sale d'aspetto e le terze classi, ferroviariamente intese), se io entrassi qui, ferito, con un pugnale piantato nella schiena, o con un'accetta in testa, se entrassi così, rantolante, agonizzante, con il sangue che gronda, che cola – allora, i colleghi, direbbero forse qualcosa? Magari un «buongiorno, come stai?», un «come va?» appena sussurrato, lo direbbero, eh?

Illusi! Al massimo, dopo mezz'ora o tre quarti d'ora dall'ingresso del collega ferito, gli farebbero osservare, i colleghi, piuttosto seccati: «Guarda che stai sporcando, di sangue e materia cerebrale, la scrivania comune, che dobbiamo usare tutti, non ci sei mica solo tu, col tuo sangue e l'altra roba; e poi lordi il pavimento, si scivola, fai un po' d'attenzione!»

Del resto, di quali eventi è teatro una sala professori? Che fiacchi riti vi si svolgono, oltre le mute cerimonie mattutine?

Uno dei più penosi è quello dei cosiddetti scrutini.

In certi soffocanti pomeriggi di giugno gruppi di professori sudati si riuniscono intorno ai lunghi tavoli della sala professori. Fuori è caldo. Dentro è ancora più caldo. Una sala professori con l'aria condizionata sarebbe da includere tra gli eventi che un filosofo definirebbe *impensati*; sarebbe come un elefante con le ali, un cane parlante, una persona intelligente alla guida del Ministero dell'Istruzione, pubblica o privata; impossibile, insomma, o altamente improbabile.

E così questi professori accaldati, anzi bagnati, gocciolanti, zuppi di sudore e irritazione repressa stanno sulle scomode sedie da professori intorno ai poco funzionali tavoli da professori – e decidono il destino dei loro studenti.

Gli scrutini durano ore. Ore e ore.

Chi pensasse che ciò dipenda dalla cautelosa meticolosità con cui si soppesano valutano rivalutano prestazioni scritte e orali di latino, matematica, scienze naturali, fisiche o chimiche, altre materie – be', costui errerebbe della grossa.

I voti delle singole discipline vengono decisi con rapidità fulminea. Eventuali discussioni insorgono solo per il voto di condotta. In genere quando tutti (i professori) hanno già scritto a penna sul loro registro umido di sudore un bel nove, c'è qualche spirito polemico (di professore) che propone un dieci, e subito qualche altro bastian contrario fino allora silente si unisce al desiderio appena espresso. E bisogna rifare la votazione collettiva. E riscrivere correggendo sul registro umido. Si può anche dare il caso inverso. Quando tutti hanno già scritto un dieci, c'è sempre chi (uno o due) propone un nove.

Naturalmente, per uno scolaro, avere nove o dieci di condotta in pagella è perfettamente irrilevante. Lo sanno tutti. Per questo la discussione, a volte, si fa persino accesa.

Ma, a rigore, non è il voto di condotta a determinare i tempi enormemente dilatati degli scrutini finali di giugno. No. È invece la valutazione dei crediti.

Si può bocciare a cuor leggero un alunno dotato di straordinaria intelligenza, come succede; si può promuovere senza scrupolo alcuno un asino integrale, succede spesso anche questo – ma i crediti, scolastici e formativi, devono essere determinati con precisione millimetrica.

«Gentili colleghi» esordisce il Preside Kalforth «vista la legge 10-12-1997 n. 425, visto il d.p.r. 23-7-1998 n. 323, visto l'articolo 22 della legge del 28-12-2001 n. 448, visto il decreto ministeriale del 17-1-2004 n. 4, vista la circolare ministeriale del 9-2-2004 n. 16, viste le circolari dell'Intendente Scolastico n. 7 del 6-2-2004, n. 9 del 13-2-2004 e n. 10 dell'1-3-2004, e vista la circolare interna del 6-3-2004 e vista la delibera n. 133 bis barra uno e mezzo del Collegio dei Docenti dell'1-4-2004, dobbiamo passare, come ben sapete, al calcolo dei crediti. Lei, Pippetti, che è un matematico provetto, inizi con quelli scolastici.»

Il calcolo dei crediti scolastici è abbastanza agevole. Dipende dalla media dei voti di ogni singolo studente.

Se, per esempio, la studentessa Zacchi ha una media compresa tra sei e sette, le si accreditano tre o quattro punti, per le prime due classi del triennio finale, cinque o sei per la classe conclusiva. Oltre alla media dei voti si tiene conto anche di: frequenza regolare delle lezioni, interesse e impegno.

La studentessa Zacchi, per continuare nell'esempio, che arriva ogni giorno a scuola con un ritardo oscillante tra i quindici e i venti minuti, che frequenta le lezioni un giorno sì e due no, dimostra un interesse per le varie materie pari a quello che dimostra per la filatelia islandese, cioè non molto alto, e si impegna quanto un lichene – la Zacchi può fare affidamento solo sulla sua media. Bassina.

I veri problemi nascono quando si procede al calcolo dei crediti formativi.

«Sapete altrettanto bene» prosegue il Preside Kalforth «che, in base al combinato disposto delle prime tre leggi testé menzionate e successive modifiche, il credito formativo consiste in ogni qualificata esperienza, debitamente documentata, dalla quale derivino competenze coerenti con il tipo di corso afferente... comprovante... adempimento... convalidate... autorità consolare... Pippetti, che fa: dorme?»

«Nno, no, signor Preside, non sia mai.»

«Bene: allora andiamo con ordine. Iniziamo dall'alunna Alambicchi.»

«Certo, signor Preside.»

«Si faccia aiutare dal collega Porfirione. Porfirione?»

«Ssì, mi dica, signor Preside.»

«Che fa, dorme anche Lei?»

«Assolutamente no, signor Preside, Porfirione sempre vigile!»

«Benissimo: dunque, Porfirione, aiuti Pippetti nel

calcolo dei crediti formativi dell'alunna Alambicchi. Legga l'incartamento prodotto dall'alunna medesima, legga, legga...»

«Sto leggendo, signor Preside.»

«Ebbene, Porfirione?»

«Dai certificati esibiti dall'alunna Alambicchi risulta che la stessa ha suonato il piffero, per tre anni di fila nella Banda Musicale del suo paese, l'ameno paesello di Fogliana, dove anch'io, tanto tempo fa...»

«Non divaghi, Porfirione!»

«No, signor Preside. Ma se ha suonato il piffero nella Banda Musicale...»

«Nella Banda Musicale Ufficiale ufficialmente riconosciuta?»

«Sì, signor Preside.»

«E quindi quanti punti sono? Consulti la tabella allegata alla delibera 133 bis barra uno e mezzo del Collegio dei Docenti dell'1-4-2004.»

«Sono... sono... punti 0, 5.»

«Ma come?! È sicuro?»

«Ssì... anzi no, no, scusi signor Preside: 0, 5 sarebbero se l'Alambicchi avesse suonato il cembalo, e, perdipiù, scusi ancora, signor Preside, se l'avesse suonato non nella Banda Ufficiale ufficialmente riconosciuta, ma in *una* – leggo dalla tabella – *aggregazione spontanea liberamente sorta tra musicofili sciolti da vincoli...*»

«Ecco, Porfirione, siamo precisi! Atteniamoci ai dati della tabella!»

«Certamente, signor Preside, scusi la sbadataggine... il piffero in Banda Ufficiale, per anni tre, comporta punti 0, 6.»

«Oooh, finalmente! Pippetti, trascriva: Alambicchi, punti 0, 6.»

«Un momento, signor Preside!»

«Che c'è, collega Zebitowska?»

La voce allarmata che s'è intromessa è di Malgorzata Zebitowska, un'insegnante di cui si può dire, senza tema di smentite, ch'è di origine polacca; una volta detto questo, di lei, si è detto tutto.

«Dall'aggiornamento ultimo, quello appena emanato con il regolamento d'esecuzione comprensivo dei canoni europei integrati» prosegue sempre più allarmata la Zebitowska, «non è affatto pacifico che anni tre di piffero, in Banda Ufficiale, significhino *automaticamente* punti 0, 6.»

«E perché no?»

«Ma perché, signor Preside, bisogna che gli anni di piffero o strumento a fiato equipollente siano stati – leggo dal regolamento d'esecuzione – *continuativi e senza interruzione di sorta.* L'Alambicchi ha suonato continuativamente e senza interruzione di sorta il piffero?»

«Dio buono! Signor Preside, no! No! C'è un anno di buco! Non sono tre anni di fila!»

«Non si agiti, Porfirione! Controlli meglio!»

«No! No! Per un anno ha saltato!»

«Ma: cerchiamo di capire... ha saltato di brutto, o ha magari suonato qualcos'altro?»

«No! Niente! Ha saltato e basta!»

«Acci! Che dice la tabella?»

«La tabella, la tabella... Dio mio! Il caso non è contemplato!»

«Ma non è possibile! Porfirione, faccia il favore, dia qua a me.»

Il momento è grave. Il Preside in persona inforca gli occhiali e si tuffa, in un silenzio irreale, nella lettura sistematica della tabella allegata alla delibera 133 bis barra uno e mezzo del Collegio dei Docenti dell'1-4-2004.

«Santo cielo! È vero! C'è un vuoto! Ma, non perdiamoci d'animo, risaliamo *ad fontes*!»

Il Preside estrae da un raccoglitore giallo il testo originale della legge 10-12-1997 n. 425, il d.p.r. 23-7-1998 n. 323, la legge 28-12-2001 n. 448, con il suo preziosissimo articolo 22, e poi, via via, il decreto ministeriale del 17-1-2004 n. 4 e la circolare ministeriale del 9-2-2004 n. 16 e tutte, per sicurezza, le circolari dell'Intendente degli ultimi tre anni e tutte le delibere, degli ultimi tre anni, del Collegio dei Docenti.

Il Preside suda. Tutti, intorno a lui, dicono una preghiera muta; pregano mentalmente affinché il caso del piffero dell'alunna Alambicchi, la prima di una classe di ventisei, si risolva presto, il più presto possibile, se è possibile risolverlo, un caso così.

E tutti pensano, attorno a quel lungo tavolo, su quelle scomode sedie: ma perché non l'ha suonato per tre anni di fila quello stramaledetto piffero, nella sua stramaledetta Banda Ufficiale, quella sciagurata dell'Alambicchi?

Pippetti, Porfirione, la Zebitowska, gli altri colleghi e il Signor Preside in Persona riusciranno mai a risolverlo, questo caso inedito e dannatamente complicato?

Non lo sapremo mai. Lasciamolo così, sospeso nella sua eterna sospensione.

Ci basti accennare che uno scrutinio di fine anno, che si svolge nell'afa, nell'afrore acre o nel lezzo dolciastro di deodoranti di poco prezzo, si può incagliare sugli scogli più diversi, non solo sul suono d'un piffero la cui durata è difficile da determinare.

Uno scrutinio può arenarsi per ore sull'attribuzione

di punti 0,1 oppure 0,2 oppure 0,3 da ripartire rispettivamente a un alunno che sia o sia stato (dipende se per due o più, tre o più, quattro o più anni) capocoro in carica di un Coro Ufficiale (il capocoro onorario non è riconosciuto); oppure primo o secondo o terzo classificato in una gara ufficiale di lancio del disco, del peso, del giavellotto (il lancio del martello o di altri oggetti semplicemente contundenti non è contemplato); se abbia o non abbia prestato la sua opera, in orario rigorosamente extrascolastico, in qualità di boy scout, barelliere o guida per non vedenti (coadiuvato o meno da cani pastore, dato che altre razze vengono tenute per ininfluenti); se si sia o non si sia impegnato in attività di guida turistica, turistico-museale, cicerone specializzato o adiutore o sotto-vice-adiuvante; se abbia o non abbia conseguito il brevetto di pilota di mongolfiera o aliante o altro velivolo parificabile. E così via. E così sia.

È ancora vivissimo nella mente di chi c'era, ed è diventato leggenda nella mente di chi non c'era, ma l'ha sentito raccontare e riraccontare e riraccontare ancora, insaziabilmente, il ricordo di uno scrutinio particolare, che si svolse sempre lì, in quella mesta cornice di quella disadorna sala professori, col suo lungo tavolo e le sedie poco funzionali su cui sedevano i sederi di tanti professori allibiti, oltre che accaldati.

Il professor Toboso stupì tutti, in primo luogo il Preside.

«Senta un po', professor Toboso, com'è che nel tabellone mancano i suoi voti a matita? Sono solo i suoi, che mancano. Gli altri ci sono tutti. C'è italiano, matematica, inglese, c'è sociopsicopedagogia, c'è danza e movimenti paracoreutici applicati, ma filosofia no, non c'è. Non ha visto, Lei, la circolare interna n. 189 ter con la quale esortavo i colleghi a segnare i voti a matita nel tabellone almeno una settimana prima della convocazione degli scrutini?»

«Certo che l'ho vista, signor Preside!»

«E perché non ha messo i voti, allora?»

«Ma, signor Preside, non si ricorda? Io quest'anno, su Suo consiglio, ho frequentato i corsi d'aggiornamento tenuti dalla professoressa Spenta Armaiti, che s'ispira ai metodi del professor Eriprando Galaverna, titolare della cattedra di Filosofia della Storia all'università di Venice Beach, autore di eccellenti e svariati saggi sul corpo, sull'anima, sugli equivoci dell'anima, sui malintesi del corpo, sul gioco delle opinioni, sulle parole nomadi, sull'uomo nell'età della tecnica, nella quale, fra l'altro, l'identità dell'uomo medesimo prende a risolversi nella sua mera funzionalità...»

Il Preside Kalforth si stava spazientendo, a quella lunga tirata, ma cercò di trattenersi un attimo perché nel frattempo gli era venuto in mente che anche lui, da giovane, parecchi anni prima, frequentava i corsi d'aggiornamento: quello, per esempio, dal titolo *Come dominare lo stress*, che si era rivelato, manco a dirlo, uno dei più stressanti in assoluto: orario stressantissimo (inizio a ore tredici e quindici col boccone ancora in gola), relatore stressante e colleghi superstressati nell'intento di evitare lo stress; o quell'altro *Corpi in movimento a scuola* dove, per cinque ore di fila, tutti gli insegnanti incollati alle loro sedie subivano impotenti la conferenza di un oratore dalla loquela paralizzante; e che dire di quel professore ora pensionato che passava i mesi estivi frequentando i festival culturali? Festival della letteratura di Mantova, festival della mente di Sarzana, festival dei cinque sensi di Modena, festival del *noir* di Cattolica, festival del romanzo rosa di Collegno, festival del libro d'arte di Bologna, festival del tascabile di Botticino Sera – e poi Pordenonelegge, Cremonasfoglia, Trevisoconsulta, Vicenzacompulsa... così, di festival in festival, non leggeva mai un libro che fosse uno: non ne aveva proprio il tempo...

«Senta, Toboso, mi ricordo perfettamente che Lei ha frequentato i corsi della professoressa Spenta Armaiti. So bene che l'eccellente Armaiti s'ispira alle tesi del brillante Galaverna. E con ciò?!»

«Ma come, signor Preside? Lei sa dunque meglio di me che l'Armaiti e il suo maestro Galaverna sostengono con convinzione la tesi che il professore a null'altro deve educare se non all'*affettività*. Egli deve compiere con gli alunni e su se stesso un lungo, impegnativo, esauriente processo di *alfabetizzazione emozionale*. Deve trasmettere, il professore, non aride nozioni, vuoti contenuti, luoghi comuni culturali che non dicono oramai più niente a nessuno; bensì sentimenti, scintille d'intelligenza emotiva, soffi coinvolgenti di calore umano.»

«Va bene, e allora?»

«Ma come *allora*? Non vorrà mica, signor Preside, che io, che per tutto l'anno ho lavorato (duro lavoro!) con le alunne e con gli alunni sui sentimenti, su questi fragili e tremuli stati d'animo, su queste trascoloranti e cangianti piume d'affettività, sull'amore, sulla commozione, sull'albeggiante aprirsi dei loro giovani e palpitanti cuori al mondo, all'essere-nel-mondo, non vorrà mica che poi io rovini tutto con dei... dei voti?! Con banali e mute categorie matematiche, le più inadatte e abissalmente lontane dal mondo-della-vita (*Lebenswelt*) e da qualsivoglia livello di vita affettiva, di vera vita affettiva...»

«Senta un po', Toboso, sono le ore quattordici e trentotto, questa è la prima classe di un lungo pomeriggio; in questa classe ci sono ventisette alunni; di solito i voti non hanno mai rappresentato un problema, il problema, lo sa anche Lei, lo sappiamo tutti, sono i crediti, specie quelli formativi; se stiamo qua a disquisire di affetti affettati e sentiti sentimenti, non se ne esce più; Lei deve, sottolineo *deve*, a norma del Regio Decreto Tragedistano 4 maggio 1925 n. 653, deve avere un *congruo numero di voti* per ciascun alunno/a onde poter deliberare, secondo l'articolo 193 del Decreto Legislativo 16 aprile 1994 n. 297, la promozione o non promozione di ciascun alunno/a alla classe successiva. Ce li ha, questi congrui voti, o non ce li ha?»

«Certo che no, signor Preside: il voto, come Le ho già detto, è un mezzo, in ragione della sua immodificabile datità, assolutamente inadeguato a catturare e a focalizzare, per dir così, la prismatica mutevolezza, la costitutiva inafferrabilità caratteristica della sfera emotivo-sentimentale che è.»

«Senta, Toboso, li vede i Suoi colleghi qua intorno?»

(Sguardo panoramico del Toboso attorno a sé: sembra scoprire, per la prima volta in vita sua, l'esistenza di quei volti tirati, sudati, arrossati lungo il tavolo spoglio; di quegli occhi puntuti, inviperiti, incazzatissimi che lo fissano: occhi e volti di professori ai quali si prospetta uno scrutinio lungo lungo, lungo come la fame o come la corda a cui tutti quei professori insieme appenderebbero volentieri, se solo potessero, Toboso, la Spenta

Armaiti e il pernicioso Galaverna con le sue infernali teorie sull'alfabetizzazione emozionale.)

«Allora, Toboso?»

«Abakuk, filosofia: sei; Alastor: sette; Bacigalupo: otto...»

Dialoghi del tenore di quelli sopra trascritti si sono svolti si svolgono e sempre si svolgeranno (finché il sole splenderà sulle sciagure umane) in qualsiasi sala professori di qualsiasi scuola di qualsiasi posto del mondo.

Ergo, non conta molto sapere il luogo esatto dove hanno *effettivamente* parlato il Preside Kalforth e i professori Pippetti e Toboso e la professoressa Malgorzata Zebitowska (di origine polacca); dove *realmente* sono state snocciolate, in estenuanti litanie, leggi e leggine e circolari dalla voce monocorde del Preside; dove si è sudato, calcolato, imprecato (segretamente) da parte dei professori.

Ma qualora si insistesse nel volerlo sapere, ebbene, i dialoghi trascritti e la storia tutta, in parte (piccola) raccontata, in parte (grande) da raccontare, si è svolta e si svolge in quel piccolo territorio montuoso sito al limite meridionale del Nord (o al limite settentrionale del Sud) che va sotto il nome di Tragedistan.

Il Tragedistan (Tragedistan meridionale, per la precisione) è un posto dove ci sono più lingue. La cosa in sé è abbastanza comune, essendo, al mondo, le lingue presenti a migliaia, gli stati a centinaia. Quindi in ogni stato esistono più lingue. Ma nel Tragedistan pensano che questo fatto normale sia invece eccezionale. Che la situazione sia così solo da loro, e in nessun altro posto al mondo.

Nel Tragedistan pensano spesso, anche per altre questioni, di essere diversi da tutti gli altri, di essere, in un certo senso, soli al mondo. Anzi: nel Tragedistan pensano che, da una parte c'è il Tragedistan, dall'altra c'è tutto il resto. Il resto, tutto, conta sempre un po' meno del Tragedistan. Anzi: conta molto meno. Anzi: non conta niente.

Questo culto esclusivissimo di se stessi nel Tragedistan è praticato nelle sue modalità vittimarie, o vittimistiche. I tragedistani si percepiscono essenzialmente come vittime. Degli altri, del mondo, della storia. Enormi e frequenti monumenti punteggiano vie e viali del Tragedistan: monumenti, giganteschi, alla Vittima Ignota Tragedistana.

(Non è nemmeno del tutto sbagliato tanto sbandieramento vittimistico, solo che, a rigore, i tragedistani sono soprattutto vittime di se stessi, e del proprio inguaribile, inveterato vittimismo.)

Nel Tragedistan ci sono dunque più lingue: lingue giuste e lingue sbagliate. Una cosa giusta detta o scritta in una lingua sbagliata diventa automaticamente sbagliata. Una cosa sbagliata detta o scritta in una lingua giusta, diventa giusta, automaticamente anch essa.

Così va il mondo. Cioè, così va il Tragedistan.

Ma se noi sappiamo che, contrariamente all'opinione diffusa nel Tragedistan, il mondo non è poi così diverso dal Tragedistan, perché mai dobbiamo insistere nel descrivere l'ambiente tragedistano e le sue condizioni di vita?

La scuola, inoltre, nel Tragedistan meridionale è tal quale che nel Tragedistan settentrionale e in quello orientale. E, per dirla tutta, è una scuola proprio come in tutto il resto del mondo, benché sappiamo che il resto del mondo non conta molto per gli abitanti del Tragedistan.

Stando così le cose, che c'importa del Tragedistan? È solo un posto come un altro.

Dialoghetto sul piffero

«Ehi, Alambicchi, ma a te, piace davvero così tanto suonare il piffero?»

«Neanche un po'.»

«E allora perché lo suoni?»

«Mi ci costringono i genitori.»

«E nella Banda di Fogliana ti trovi bene?»

«La odio. Semplicemente. Dal capobanda all'ultimo tamburino.»

«Scusami se insisto: e perché diavolo ti ostini a suonare il piffero, che non ti piace, nella Banda di Fogliana, che odi?»

«Sei sordo o cosa? Te l'ho detto e te lo ripeto: i genitori, sono costretta dai miei genitori. Specie mia mamma. È sempre stato il suo sogno, fin da bambina, suonare il piffero in una banda. Non sai quante volte ho tentato di ribellarmi! Quante volte le ho urlato: suonatelo te il tuo dannato piffero nella tua dannata banda! Io sono io, non sono te! A me piace il jazz! Coltrane! Thelonious Monk! Miles! Altro che Banda di Fogliana! E a un certo punto ho anche trovato la forza di sottrarmi alla tortura: non ci sono più andata.»

«Nella Banda?»

«Nella Banda.»

«Di Fogliana?»

«Di Fogliana. Ne sono stata alla larga per un bel pezzo, ma poi...»

«Ma poi?»

«Poi quella santa donna di mia mamma ci faceva una tale malattia: e perché non vai? e come mai? e dai! è un peccato! avevi un gran talento, lo dicevano tutti. Dai. E dai e dai e dai, me le ha talmente rotte che, per non sentire la solita solfa quotidiana, sono tornata a suonare...»

«Il piffero?»

«Il piffero.»

«Nella Banda Ufficiale di Fogliana?»

«Nella Banda Ufficiale di Fogliana.»

Aula Magna

Una sala professori, a dispetto del nome, non può contenere *tutti* i professori di una scuola. Questi li contiene, al gran completo, l'Aula Magna.

L'Aula Magna della scuola tragedistana di cui ci stiamo occupando, nelle intenzioni dei costruttori (e anche in quelle degli arredatori), doveva essere la meno squallida possibile.

Vetrate multicolori la inondano di luce azzurra, gialla, arancione (il colore delle giacche del Preside Kalforth); un organo enorme di non so quante canne vi è stato posto, quasi a evocare solenni liturgie; le strutture portanti dell'Aula sono a nudo, in bella evidenza, secondo i canoni del particolare postmoderno tragedistano e come i tubi del Beaubourg; dalle pareti pendono tele a olio enormi, che paiono affreschi (o sono affreschi che paiono tele a olio); i soggetti sono perlopiù di argomento storico (tragedistano); c'è una sorta di cattedra, in fondo, sotto l'organo, ma è più lunga del normale; ci sono file di poltroncine rosse, non si può dire comode, ma che si avvicinano parecchio alla comodità.

I singoli elementi dell'Aula forse non lo sarebbero, ma l'insieme risulta squallido, squallido senza rimedio, e tremendamente pacchiano.

L'Aula Magna è la sede delle riunioni plenarie. Che si chiamano così proprio perché l'Aula è piena zeppa, ricolma di professori; rigurgitante di professori. E l'Aula se li mangia, se li divora, se ne ingozza, di professori, ma non riesce mai a digerirli tutti. Parte, perché un professore è indigesto di suo; parte perché, a dispetto del nome (ancora), le riunioni plenarie non sono mai davvero plenarie.

Manca sempre qualcuno.

Qualche professore è assente per malattia. Qualche professore è assente perché frequenta uno degli innumerevoli corsi d'aggiornamento che sappiamo (tipo quelli gestiti dalla celebre Spenta Armaiti o altri analoghi); qualche professore, infine, è assente perché la moglie si è dimenticata di svegliarlo dal suo abituale sonno pomeridiano ristoratore, e se di solito, di quel professore lì, nessuno nota l'assenza, né la presenza (ci sia o non ci sia è perfettamente lo stesso), nel momento in cui sta per iniziare la riunione plenaria, nell'Aula Magna, tutti i colleghi la notano, la sua assenza *ingiustificata*, e la nota il Preside, che prenderà provvedimenti – e invece quell'assenza è giustificata, giustificatissima: dormire è un'attività infinitamente più giusta e più socialmente utile che partecipare a una riunione plenaria.

Una sala professori è un obitorio. L'abbiamo detto. Un'Aula Magna no. Essa è rumorosa, tumultuante perfino.

I professori tutti ivi riuniti (con le eccezioni sopra ricordate) per un momento pensano d'esser tornati studenti, d'esser stati proiettati indietro nel tempo, nella smemorata fase assembleare della loro vita giovanile, quando «occupavano» o, per meglio dire, quando approfittavano delle cosiddette «occupazioni» per flirtare, spettegolare e farsi in santa pace i fatti propri – mentre i cosiddetti «leader studenteschi» concionavano ininterrottamente e indefessamente, credendo che le masse studentesche li stessero ad ascoltare affascinate, prima di seguirli, di slancio, nell'azione, nella loro azione di avanguardia intellettuale. Ah! Ah!

L'Aula Magna ricorda dunque più un pascolo di sereni armenti, pascolanti appunto, muggenti, accompagnati da un suono lieto di campanacci. L'odore che sale da un'Aula Magna è del resto molto simile a quello emanato da un gregge che bruca l'erba. E non ci sono né profumi né deodoranti di poco prezzo che valgano a cancellare quell'insistente aroma agreste che s'attacca agli abiti, ai capelli, alla pelle di chiunque partecipi a una riunione plenaria e che lo costringe poi, una volta tornato a casa, a cambiarsi in fretta di tutto e a lavarsi di furia.

Solo in un'Aula Magna, nel Tragedistan come dappertutto, si può apprezzare a colpo d'occhio il tipo umano «professore» in tutta la sua varietà, e nel suo ambiente naturale.

Ci sono i professori e ci sono le professoresse.

Quelli che abbiamo già visto in azione: il matematico Pippetti, rigido come uno stoccafisso ed espressivo come un baccalà; lo psicologo Porfirione, un uomo in ritardo, in ritardo rispetto alle mode, ai tempi, in ritardo perfino rispetto a se stesso: più che un uomo, un enigma (per questo insegna psicologia, materia altrettanto enigmatica); il filosofo Toboso, in buona sostanza un entusiasta, per questo nella scuola ha vita difficile (e l'ha sempre avuta e sempre l'avrà); la professoressa Malgorzata Zebitowska, di origine polacca, è risaputo.

Quelli di cui, per un momento, abbiamo spiato i pensieri: la professoressa dai capelli color carota, sottili sottili, come le sue gambe, stecchi scheletrici; dalle mani ceree, conserte sul grembo (simulacro di grembo), quand'è seduta; quando si alza pare un trampoliere, benché sia bassa, e ha un volto di consistenza fantasmatica e risponde al nome di Crepereia Trifena e insegna greco. Poi, il professore-scrittore, Dan Baha: in ogni scuola che si rispetti ce n'è uno, anche nel Tragedistan.

Il professore-scrittore o scrittore-professore è, come dice il nome, uno scrittore che insegna, o un professore che scrive.

Sembrerà strano ma, in genere, i professori odiano scrivere; se, durante una riunione del consiglio di classe o del consiglio d'istituto o del consiglio d'interclasse o d'interscuola esteso-trasversale, se gli si dice a bruciapelo, a un professore: «Chi scrive il verbale?» si ottiene immediatamente l'*effetto-obitorio* (un obitorio, per dir così, ancor più obitoriale che una sala professori mattutina): non si sente più fiatare nessuno, nessuno dei presenti muove un muscolo, son tutti pietrificati e gli occhi vitrei fissano arcane lontananze.

C'è chi dice che i professori odino anche leggere, ma noi ci rifiutiamo di crederlo.

Il professore-scrittore, viceversa, ama svisceratamente la lettura ed è fatale che, a forza di leggere libri, non trovandone nessuno che lo soddisfi veramente, finisca per scriverli lui stesso i libri che gli piacciono (non è detto però che piacciano anche agli altri).

Passa quindi, agli occhi dei colleghi, per saccente o fanatico o, nel migliore dei casi, per stravagante, quando non per *matto proprio*.

Qualcuno, di questi professori-scrittori, riesce anche, dopo anni e anni di rifiuti e sforzi disumani, a farsi pubblicare un paio di volumetti, che vendono qualche migliaio di copie, procurandogli un po' di gloria locale estremamente passeggera – e l'odio definitivo dei colleghi. Odio, del resto, ripagato in pieno, perché ogni professore-scrittore che si rispetti sogna di scrivere uno o più libri in cui esprimere tutto il suo odio dirompente per la scuola, alimentando in tal modo una vasta letteratura contro la suddetta scuola, che, a ben vedere, gli dà da mangiare, a questi ingrati.

Si tratta di un caso tipico di quello che potremmo definire il *paradosso della puttana*: è noto che le puttane odiano i clienti, da cui pur dipendono per il loro sostentamento (e anche per sostanziosi extra, quando il commercio – carnale – sia ben avviato); è del pari noto che i ferrovieri odiano i viaggiatori, gli indigeni i turisti, gli spacciatori i tossicomani...

Insomma, il *paradosso della puttana* trova un campo d'applicazione vastissimo nella società contemporanea.

Ma torniamo ai nostri professori, anzi: professoresse. Come la signora Pomponia Grecina (latino), famosa per il vocione matronale con cui interviene nelle riunioni plenarie, poche volte, ma sempre a sproposito; e famosa anche per i cappellini alla Robin Hood, di feltro verde con l'immancabile piumetta di fagiano; e famosa ancora, e soprattutto, per i completini spaziali: tute da astronauta in lattice fluorescente che fasciano, per quanto possibile, il suo corpo debordante e stagionato.

È un fatto che colpisce l'osservatore, specie se quest'osservatore osservi le professoresse Grecina e Trifena sedute l'una accanto all'altra, come accade d'abitudine; è un fatto che le professoresse di qualunque scuola di qualunque ordine e grado di qualsivoglia paese al mondo (Tragedistan incluso) sono, non si sa come, o magre magre magre o grasse grasse grasse, ai limiti dell'obesità.

Ma questo non subito. Cioè non sono così subito, le professoresse; all'inizio della carriera (per così dire, dato che, per professori e professoresse, non c'è carriera) le professoresse, quando sono giovani supplenti, appena uscite dall'università o dalle SIS o dalle SAS, sono addirittura belle, fresche d'entusiasmo e voglia di fare. Le loro risate squillano propagandosi per le sale professori come gorgheggi d'usignoli nel silenzio della notte, o degli obitori (posto che un usignolo riesca, contro ogni aspettativa, a farsi largo dentro un obitorio).

Però bastano pochi anni, anzi, già dopo poche settimane d'insegnamento un'ineluttabile rovina investe i corpi e le menti di queste fanciulle in fiore, che appassiscono subito, travolte da un'autentica catastrofe psicofisica, che le rende irriconoscibili: o donne-cannone o manici di scopa.

E un'altra particolarità le caratterizza: diventano acide acide acide, come limoni caduti nell'aceto, o nel fiele; come limoni lasciati macerare a lungo nell'aceto misto a fiele.

Non ridono più. Non parlano nemmeno: sibilano. Si muovono a scatti (anche le grasse). Si lagnano di tutto fin dal mattino: dell'orario, degli alunni, dei colleghi, delle segretarie, e dei mariti; ovvio: hanno abdicato alla loro vita sessuale (a parte un paio di sgallettate croniche presenti in ogni istituto, dotazione ordinaria, come i professori-scrittori) e adesso guardano con orrore e disgusto il collega Perkollha.

In effetti, su quest'ultimo punto, come dar loro torto?

Il professor Gigi Perkollha (scienze naturali): un notorio pedofilo, cui basta adocchiare da lontano la sagoma vaga d'una ragazzina quattordicenne che passa per cadere in deliquio; un autentico *nymphólēptos*, chiosò una volta la prof.ssa Trifena, cioè un *posseduto dalla Ninfa*, e questa chiosa della chiosa cadde, come la chiosa del resto, nell'indifferenza generale.

Non solo pedofilo, Perkollha, anche zoofilo, necrofilo, coprofilo, skeptofilo nonché sadico, masochista, sadomasochista, feticista (ah! quelle scarpette da ginnastica di tela blu intrise di sudore! quei sandaletti bassi! quei calzini bianchi, scrigni di preziosi afrori!) ed esibizionista, sodomita, bisessuale, trisessuale, transessuale; uno capace di riesumare, con la bocca grondante bava, il cadavere rinsecchito della bisnonna o trisavola – per coinvolgerlo, il cadavere, in un'orgia infinita con cani, cavalli, onagri, uomini e donne e ominidi; uno che avrebbe fornicato con uno scheletro e commesso atti osceni davanti a una cieca nata e sordomuta; be': il Preside Kalforth, a uno così, gli propose, tempo addietro, additandolo fra l'altro all'ammirazione generale in ragione della sua «apertura» e «modernità» (così il Preside, testuale), gli propose di tenere un corso pomeridiano di educazione sessuale; di «informazione sessuale», per la precisione, disse il Preside, dato che «noi» ebbe cura di sottolineare «non vogliamo *educare* alla sessualità, compito delicatissimo spettante in primo luogo alla Famiglia, noi vogliamo solo *informare*, cioè fornire dati precisi, scientifici, accompagnati dalla necessaria sobrietà e asciuttezza».

Perkollha intanto lo fissava con occhi da matto, annuendo vigorosamente. Poi, per fortuna, non se ne fece più nulla. Ma l'«informazione sessuale» è rimasta uno dei cavalli di battaglia (mai espressione fu più appropriata) del programma annuale di Perkollha, in tutte le classi in cui insegna. «È troppo importante, per farla in una classe sola» obietta regolarmente al collega che gli fa notare che basterebbe svolgerla in prima, secondo le indicazioni ministeriali.

Chi è questo collega? Il professor Sacer, di religione.

Tutti i professori che affollano l'Aula Magna, riuniti in plenaria, sono chiamati a discutere gli svariati problemi che si presentano a una comunità scolastica nel corso dell'anno scolastico e degli anni, dei decenni, dei secoli dei secoli (scolastici).

Un buon numero di problemi viene sollevato dai professori stessi, e dalle professoresse.

Pomponia Grecina, per esempio, si alza, a fatica, dalla poltroncina rossa imprimendo una forte ondulazione alla piumetta del suo cappellino e, un po' rossa in viso anche lei, un po' ansimando, dice: « Gentili colleghi, signor Preside, come fare se un alunno e/o alunna arriva in classe alle ore otto e dieci minuti primi e trentacinque minuti secondi, ossia, detto in modo più semplice, e forse anche più esatto, alle ore otto e dieci minuti e trentacinque secondi? Perché, voi sapete, nel Regolamento Interno d'Istituto, capo due art. tre, è scritto a chiare lettere che l'alunno e/o alunna che si presenta in classe con più di dieci minuti di ritardo deve poi fornire giustificazione del ritardo il giorno successivo; ma se non supera, effettivamente, i dieci minuti di ritardo, cioè se non arriva, effettivamente alle ore otto e undici minuti suonati, bensì, come ho testé detto, alle ore otto e dieci minuti e trentacinque secondi, o trentasei secondi, o trentasette secondi, o trentotto secondi... »

Coro dei colleghi: « Va bene, Grecina, abbiamo capito! »

«Allora, come faccio? Sapete, non ci dormo la notte!»

Il Preside Kalforth risponde, calmo: «Signora Grecina, secondo il Regolamento Interno d'Istituto da Lei così a proposito menzionato, esattamente, come ha ricordato Lei, al capo due art. tre, l'alunno e/o alunna è considerato/a in ritardo se il ritardo si estende oltre i dieci minuti, successivi alle ore otto antimeridiane; ma, a rigore, non è specificato se l'oltrepassamento debba ritenersi *compiuto* esclusivamente allo scoccare dell'undicesimo minuto, a partire dalle ore otto antimeridiane, o a partire, viceversa, dal primo secondo dopo le otto antimeridiane e dieci minuti: cioè, per intenderci, non è chiaro se l'alunno/a che arriva alle otto e dieci e un secondo è in ritardo tanto quanto l'alunno/a che arriva alle otto e undici o dodici o tredici o...»

I professori, tutti, qui pensano: ma che fa il Preside?

Il Preside Kalforth, come suo inveterato costume, quando non sa che rispondere, si limita a riformulare, ma in modo assai più contorto, il quesito postogli, in attesa che, nel frattempo, una misteriosa illuminazione giunga a rischiarargli la mente altrimenti ottenebrata.

«Il caso è complesso: mi rivolgerò io, personalmente, all'Intendenza Scolastica, all'UCAS, Ufficio Casi Spinosi, loro troveranno senz'altro una soluzione acconcia» e sorride il Preside, pensando che l'illuminazione è arrivata, illuso!

Il sorriso del Preside si disegna ancora nell'aria, come quello del gatto del Cheshire, e Dan Baha pensa: l'UCAS, sì, buono quello! è arcinoto a tutti non come Ufficio Casi Spinosi, ma come Ufficio Complicazione Affari Semplici, a tutti, certo, tranne che al Preside; e poi, sulla scia dell'UCAS, si ricorda di quando, avendone le scatole così piene del Tragedistan, voleva far domanda per insegnare all'estero e allora si mise a studiare il bando per le cattedre delle scuole estere e s'imbatté più volte, leggendolo, in MAE; pensò alla famosa attrice americana, alla bomba mozzafiato Mae West e si chiese in cuor suo che diavolo ci facesse Mae West nel bando per le scuole estere; non ci faceva niente infatti, perché si trattava della sigla del Ministero degli Affari Esteri. Del resto c'erano stati giorni in cui il Ministero dell'Università e della Ricerca Scientifica s'era trasformato nel MURST, una specie di feroce mustelide, poi nel MIUR, rumore d'una macchina rombante, o d'una potente scoreggia. Ma se il Ministero Affari Esteri era il MAE, il Ministero Affari Interni doveva essere, a rigore, il MAI (un ministero di gente introvabile), oppure, forse, il MINT (dove divoravano mentine come matti); a sua volta il Ministero per l'Industria (ministero di menti sopraffine) non poteva essere che il MIND (leggi *màind*, tocco d'anglismo). E poi il MICA: Ministero per il Commercio Allargato; il MIMA: Ministero per l'Indizione di Mastodontici Affari; il MOSTRO: Ministero per l'OSpiTalità Rapida Obbligatoria; e poi e poi, di sigla in sigla, giù giù (o su su) fino al Ministero più rappresentativo, il Ministero per l'Espansione della Ricerca Dotazioni Aggiuntive, il prestigioso MERDA, famoso nel mondo...

Si alza di scatto la collega Crepereia Trifena, in tutto il suo tremulo pallore e ciuffo color carota: «Un terribile quesito, e un grave dilemma, attanaglia anche me, cari colleghi e signor Preside carissimo! Possono gli alunni e/o alunne scrivere i compiti in classe su fogli di protocollo a quadretti anche se si tratta di compiti in classe di materie umanistiche? Come mi debbo comportare in tali frangenti? » chiede quasi implorando la professoressa Trifena.

Il Preside, con un sorriso ancor più smagliante, risponde che, a norma della Circolare Interna settantasette bis, è consentito vergare i saggi di verifica scritta, *vulgo* compiti in classe, su fogli di protocollo di qualsivoglia tipo e formato, purché di colore bianco.

« Non rosa? » sospira la Trifena.

« Non rosa » replica il Preside.

« Né azzurrino? » (Trifena)

« Né azzurrino. » (Preside)

Prende la parola la collega Zebitowska: « Ma possono o non possono gli studenti e/o studentesse masticare gomma americana durante le lezioni? Perché, in Polonia, per esempio, possono... »

« Possono anche da noi » concede il Preside, « purché la masticazione della suddetta gomma avvenga in modo non plateale né ostentativo e, soprattutto, se interrogati, gli alunni e/o alunne si affrettino, mediante adeguato colpo di lingua, a riporre la gomma dietro la chiostra dei denti o in altro punto del palato che consenta comunque loro un eloquio tale da risultare comprensibile al docente interrogante. »

Ora è il turno di Toboso: « Vorrei sapere, da voi, cari colleghi e da Lei, signor Preside, come devo reagire se un alunno, trascinato da un proprio impulso incontrollato, ancora in balìa di un'affettività brada e incòndita, perché non giunta a un grado di maturazione sufficiente, dato che siamo appena all'inizio del nostro comune processo di alfabetizzazione emozionale, che è lungo, lungo, è un'iniziazione lenta e graduale, molto graduale... vorrei sapere, dunque, se un alunno o un'alunna, spinti da un'emozionalità non adeguatamente trattata, mi dicono, anzi mi urlano, mi sbraitano contro un sonoro VAFFANCULO, PROFE DI MMMERDA!!!, come devo fare? Non dovrò mica sanzionarli, per caso, e così facendo vanificare questo nostro accidentato e irto processo di educazione alle emozioni? »

Il Preside, in questo caso, non risponde nulla. Ma il suo silenzio è piuttosto eloquente.

Non si pensi che le questioni che emergono da una riunione plenaria in un'Aula Magna di una scuola tragedistana (o di un altro posto a scelta) siano tutte del tenore di quelle riportate, cioè abbastanza di lana caprina, o giù di lì. No, no.

Una volta, è passato tanto tempo, un professore sollevò una questione di una certa serietà.

L'assemblea (plenaria) doveva decidere una riduzione di due ore per ciascuna delle cattedre di latino esistenti in quella scuola. Nessuno dei docenti, nemmeno i diretti interessati, sembrava essere preoccupato per quel taglio d'ore. Erano tutti sprofondati in una beata indifferenza.

Solo uno si alzò. Il prof. ***. Egli tenne un lungo, appassionato discorso sulla necessità della Tradizione, sulla bellezza e ricchezza e varietà della letteratura latina, sul suicidio della Civiltà Occidentale.

Da quel giorno fu preso in antipatia dalla scuola al gran completo, bidelli compresi, per non parlar del Preside.

Gli resero la vita impossibile. Lo costrinsero a cambiare lavoro.

Oggi quel professore (ex professore) è un giardiniere felice. Mentre taglia le siepi o pota gli allori, recita mentalmente versi di Virgilio e Tibullo.

Già allora il prof. Dan Baha pensava che, come dice Montesquieu in qualche punto delle *Lettres Persanes*, è tipico delle assemblee numerose occuparsi di cose futili. Quelle importanti le decidono in pochi, lontani da occhi indiscreti.

L'Aula Magna, gremita di professori vocianti, produce chiasso a ondate, a folate; il rumore sale, poi scende; imperversa a raffiche, placandosi a poco a poco; è un brusire che va scemando perché si capisce che il Preside sta per prendere la parola. Ma non per fornire una risposta insoddisfacente a uno dei soliti quesiti insulsi dei docenti, né per esporre un punto controverso di una delle centomila proposte di riforma che si rovesciano ciclicamente sulla scuola tragedistana (e di altri posti); no, dai suoi occhi, che hanno una luce strana; dai suoi gesti, misurati e vagamente ieratici; dalla sua voce, che schiarisce mediante piccoli e pur solenni colpi di tosse; soprattutto dal suo vestito: giacca arancione, camicia rosa, cravatta gialla a pois viola, pantaloni intonati alla camicia (in Tragedistan hanno un concetto tutto loro dell'eleganza) e dalle sue scarpe lucidissime si capisce che è una grande occasione – e il suo discorso sarà all'altezza di questa grande occasione.

Il Preside Kalforth sta per parlare. Dirà cose importanti.

Il discorso del Preside

«Dirò cose importanti, quest'oggi, cari colleghi.

«Voi tutti sapete che, da ben due anni, su iniziativa del Ministero per l'Istruzione Pubblica Privata e Parificata, in collaborazione con l'Intendenza Scolastica Regional-Provinciale Tragedistana e con l'avallo del Gruppo Ristretto di Lavoro (GRUL), validamente impiantato dalle teste d'uovo dell'Istituto Sociopedopsicagogico Transfrontaliero Occiduo Permanente... voi tutti sapete, cari colleghi, che tutte queste eccellenti Istituzioni Socioscolastiche hanno dato vita, due anni or sono, al SARPIAD, cioè, in altri termini, al Sistema Autoresponsabilizzante Integrato Allargato Decentrato.

«La nostra scuola, e anche questo lo sapete, ha aderito fin da subito, entusiasticamente, al SARPIAD. Benché... benché... come io stesso, con rammarico, con sommo rammarico, ho avuto modo di appurare, fin da subito anche questo, il SARPIAD... il SARPIAD.. ecco, il SARPIAD non si sapesse bene cos'era, quali funzioni avesse, quali fossero le sue competenze specifiche...

«Non fu, mi pare, un'impressione solo mia... anche altri colleghi, presidi e non, ebbero, come dire, il sospetto che si trattasse di una delle solite, scusatemi la franchezza, una delle solite vagonate di fumo, una delle consuete, variegate, cangianti, iridescenti, aeree, vaghe, leggere bolle di sapone che, perdonatemi di nuovo, il

Ministero, l'Intendenza, il GRUL e l'Istituto Sociopedopsicagogico Transfrontaliero Occiduo Permanente producono in gran quantità per allietare le nostre giornate, e riempire le loro, altrimenti così lunghe e interminabili...

«Ebbene, sono felice di comunicarvi ufficialmente che m'ero sbagliato. Niente di tutto ciò. Il SARPIAD non è una delle cento o centomila sigle nate a coprire il vuoto. Vuoto d'idee, d'iniziative, di passioni e sentimenti. No, il SARPIAD, oggi, con il Regolamento d'Esecuzione Tecnico-Pratico testé emanato, con tutte le sue precise e dettagliate istruzioni, il SARPIAD è diventato realtà, e che realtà! Mai realtà scolastica fu più concreta!

«Esso, infatti, si è concretizzato, o meglio: si concretizzerà quanto prima, a opera vostra, cari colleghi, sì: perché siete voi l'anima del SARPIAD...

«E voi, proprio voi, col vostro lavoro entusiastico, con il vostro patrimonio di conoscenze e competenze e abilità didattiche darete vita al GRAPRORISCLA, che è un po' il centro gravitazionale attorno a cui ruota il SARPIAD...»

«Che è 'sto SGRASPA?» pensano all'unisono i cervelli sincronizzati di tutti i professori presenti nell'Aula, nessuno escluso.

«Il GRAPRORISCLA, care colleghe e colleghi, è l'acronimo di Grande Programma di Riscrittura dei Classici...»

«Ahia!» (altro pensiero perfettamente corale del corpo insegnante al gran completo, tranne quei due o tre o tredici che mancano sempre).

«I giovani non leggono. I nostri giovani sono perennemente all'ultimo posto nelle classifiche stilate con puntuale periodicità dall'OCSE, dall'ASU e dall'ISA.

«Ma perché non leggono? È davvero tutta colpa loro? O non siamo forse noi, noi educatori e docenti e insegnanti, i veri responsabili di questa débâcle culturale?

«Sì: cari colleghi e colleghe, siamo noi. Siamo noi che portiamo sulle nostre fronti, impresso a fuoco, lo stigma del colpevole!»

«Ma parla per te, babbeo!» (coro mentale dei docenti-senza-stigma).

«E perché questo? Ma perché noi, da tempo, da troppo tempo, stiamo rischiando di appiattirci, *sic et simpliciter*, su di una concezione della scolarità degna degli anni Settanta, schiacciata sugli skillaggi professionali più esecutivi!

«Noi dobbiamo toglierci, e al più presto, da questa immagine residuale e, oserei dire, ospedaliera dell'istruzione!

«Dobbiamo affrancarci dal passato e pervenire a una deroutinizzazione totale-globale dell'atto di lettura, coinvolgendo vieppiù le abilità cognitive e metacognitive non trascurando le valenze socio-affettive!

«Ma abbiamo almeno presenti le differenze tra *skimming* e *scanning*? Tra lettura orientativa e/o cursoria da un lato, e lettura selettiva e/o scremante dall'altro?

«E la lettura analitica? E la lettura per blocchi?

«Siamo ancora capaci di ricordarci cos'è un *frame*?

«E siamo consapevoli dell'abisso che si apre tra un'assegnazione *top down* dei concetti e un'altra, opposta, *bottom up*?

«E l'*effetto-tunnel*? Dove lo mettiamo l'*effetto-tunnel*?»

«Avremmo una mezza idea su dove mettertelo.»

(immancabile e unanime commento silenzioso dei docenti).

«Sì, colleghe care e colleghi, troppo spesso ci sfugge che i nostri ragazzi, leggendo, vanno incontro a quest'effetto di oscuramento, *tunnel vision*, che interviene, spero ve lo ricordiate, quando il carico informativo o il livello di conoscenze presupposte è tale da non permettere, a chi legge, ai nostri ragazzi che leggono, di elaborare le informazioni in ingresso.

«E questo, noi, lo dobbiamo evitare a ogni costo!

«Dopotutto, cos'è la lettura, se non *a psycholinguistic guessing game*, come suggerisce Goodman? Se non un *indovinello psicolinguistico*? Un gioco, dunque. E noi infatti, con i nostri ragazzi, non dobbiamo se non giocare!

«Dobbiamo col-ludere! *Cum-ludere*. E loro dovranno stare al gioco. E quando il gioco si fa duro, i duri entrano in gioco. E il gioco sarà la lettura. E la lettura sarà un gioco. La lettura è un gioco. Un gioco mortale. Duro. Come quello della Sfinge e di Edipo. L'enigma che risuona tra le mascelle feroci della Sfinge. Ma noi, di questo gioco terribile, dobbiamo disinnescare la componente crudele. Dobbiamo ridare gioia al gioco del leggere! Avete capito?»

Coro dei professori, a gola spiegata: «Niente!»

Il Preside si sfila la giacca arancione, si allenta il nodo della cravatta (gialla a pois viola) e, in un soffio, mormora: «E allora leggetevi la Circolare Interna numero 148 bis barra ter. E aggiorniamo la seduta alla settimana prossima».

Poi, giacca sulla spalla, se ne va, in maniche di camicia (rosa).

L'unico a cui pare di avere capito, non tutto ma almeno qualcosa, è Dan Baha, il professore-scrittore ritenuto arrogante e saccente e presuntuoso, il quale tra sé e sé pensa: questa faccenda del GRAPRORISCLA è un po' come l'*azione parallela* nel romanzo di Musil. Ma parallela a che?

CIRCOLARE INTERNA 148 bis barra ter

oggetto: GRAPRORISCLA o Grande Programma di Riscrittura Classici

omissis...

Dobbiamo riscrivere i classici della nostra Tradizione Letteraria per renderli finalmente appetibili alle giovani generazioni, agli studenti di oggi, che saranno i cittadini di domani.

La riscrittura dovrà avvenire secondo le seguenti linee-guida, in armonia con quelle contenute nel Regolamento d'Esecuzione Tecnico-Pratico: ridurre, sfoltire, essenzializzare, semplificare, attualizzare.

BISOGNA ASSOLUTAMENTE ESSERE MODERNI

omissis...

Il Preside Kalforth

«Carissime colleghe e colleghi, sono sicuro che avrete letto tutti e meditato lungamente il testo della Circolare Interna 148 bis barra ter...»

«Certo, caro! Letta e meditata! Meditata e letta!» (silente unanime commento dei docenti).

«... e ora, a integrazione dei nudi dati in essa esposti, permettetemi di aggiungere qualche considerazione suppletiva, qualche, diciamo così, nota esplicativo-esegetica.»

«Esplicativo-esegetica!» (coro silente dei docenti).

«Prendiamo, ad esempio, il testo del nostro più grande, famoso, celebrato, riuscito Romanzo, il testo del Romanzo dei Romanzi della Letteratura Italiana (il Tragedistan subisce, anche se in modo parziale, l'influsso dell'area culturale italiana)...»

«*Va' dove ti porta il cuore*?»

«La prego, professor Toboso, La prego... Sto parlando, sto parlando dell'opera dell'immortale Alessandro...»

«Piperno?»

«La prego, professor Perkollha... sto parlando dei *Promessi Sposi* dell'immortale Alessandro Manzoni...»

Piperno, Piperno, pensa la professoressa Pomponia Grecina, chi sarà mai costui? Ah, certo! Il fondatore di Potere Operaio, e adesso anche lui ha scritto un romanzo: ci passano tutti!

«Immortale sì, ma, tuttavia, lasciatemelo sommessamente aggiungere, ma tuttavia bisognoso di qualche aggiustamento, ammodernamento, di qualche inevitabile sfrondatura e velocizzazione.

«In fondo, a ben guardare, non si tratta che di proseguire per la strada indicata già dal Maestro medesimo, dal Manzoni stesso. Che ha, per l'appunto, riscritto per più di vent'anni il suo romanzo.

«Dal *Fermo e Lucia* del 1821-23 all'edizione ventisettana dei *Promessi Sposi*. E perché 'ventisettana' se è uscita dal 1825 al 1827? Boh? Soprassediamo! Fino a quella, definitiva, che va sotto il nome di 'quarantana', ma, a rigore, dovrebbe chiamarsi 'quarantaduana', dato che le dispense uscirono dal 1840 al 1842. . vabbè, non è questo il momento per simili puntualizzazioni, mi basti, e basti anche a voi, averne fatto cenno.

«Comunque, il Manzoni riscrisse indefessamente, con quella sua mano che non pare avere nervi; rifece anzi: i *Promessi Sposi* sono in effetti una storia *scoperta* e *rifatta*; e così farete voi, cioè rifarete o, per la precisione, riscriverete.»

Esclamazione improvvisa della prof.ssa Małgorzata Zebitowska: «Ma perché non riscrivere invece qualche testo del grande Przybyszewski o di Wyspiański o di qualche altro celebre autore del movimento *Młoda Polska* (*Giovane Polonia*)? Oppure, magari, di uno *skamandrita* coi fiocchi, come Tuwim?»

La proposta cade nel vuoto; è come se non avesse nemmeno aperto bocca, la Zebitowska: il Preside infatti prosegue come se nessuno avesse detto niente.

«Per darvi un'idea, così alla buona, di una possibile modalità d'esecuzione del GRAPRORISCLA, per suggerirvi una via da percorrere, consentitemi di citare l'eccellente esempio gaddiano. Sì, il non meno grande (non meno grande del Manzoni), il sublime Carlo Emilio Gadda, nel suo *Pasticciaccio*, capitolo ottavo *incipit*, così scrive:

> Il sole non aveva ancora la minima intenzione di apparire all'orizzonte che già il brigadiere Pestalozzi usciva (in motocicletta) dalla caserma degli erre erre ci ci di Marino per catapultarsi alla bottega-laboratorio dove non era minimamente aspettato...

«E ognun vede come l'attacco di questo capitolo ottavo di *Quer pasticciaccio brutto de via Merulana* (citiamo il titolo per esteso) non sia che la riscrittura, ecco!, dell'avvio del capitolo quarto dei *Promessi Sposi* che, notoriamente, così recita:

> Il sole non era ancor tutto apparso sull'orizzonte, quando il padre Cristoforo uscì dal convento di Pescarenico per salire alla casetta dov'era aspettato...

«Ispiriamoci quindi a un modello tanto illustre! E non abbiamo paura!

«Non abbiamo paura e non facciamoci scrupolo di modificare l'originale del Manzoni, là dove i tempi e le giuste esigenze dei nostri giovani lo richiedano!

«Voglio, per facilitarvi ancor più il lavoro, addurre un ulteriore caso concreto. La celebrata apertura del romanzo:

> Quel ramo del lago di Como che volge a mezzogiorno, tra due catene non interrotte di monti, tutto a seni e a golfi, a seconda dello sporgere e del rientrare di quelli, vien, quasi a un tratto, a ristringersi, e a prender corso e figura di fiume, tra un promontorio a destra, e un'ampia costiera dall'altra parte; e il ponte, che ivi congiunge le due rive, par che renda ancor più sensibile all'occhio questa trasformazione, e segni il punto in cui il lago cessa, e l'Adda ricomincia, per ripigliar poi nome di lago dove le rive allontanandosi di nuovo, lascian l'acqua distendersi e rallentarsi in nuovi golfi e in nuovi seni. La costiera, formata dal deposito

di tre grossi torrenti, scende appoggiata a due monti contigui, l'uno detto di san Martino, l'altro, con voce lombarda, il *Resegone*, dai molti suoi cocuzzoli in fila, che in vero lo fanno somigliare a una sega...

«Si tratta, realmente, di un inizio faticoso. Un avvio che non avvia mica tanto. Più che un avvio è un altolà intimato al lettore, specie il giovane lettore d'oggi. Che vuole cose rapide, che vuole cose forti. E non queste lungaggini. Queste lentezze minuziosamente descrittive. Pesanti. Frustranti. Anche perché sono, diciamolo!, piuttosto difficili da seguire. I giovani ne rimangono disorientati. È un lago? È un fiume? E poi c'è questa benedetta *costiera*. E il giovane pensa, subito, alla *costiera amalfitana*: è il potere dei luoghi comuni, delle associazioni fisse; e quindi pensa, il giovane, automaticamente al mare, e l'ambiguità aumenta, e i giovani non amano le ambiguità. Ci vogliono scelte chiare. Anche e soprattutto nello stile.

«E poi viene quel *Resegone*, quella *sega...*»

Perkollha freme.

«Non è chi non avverta, al giorno d'oggi, tali termini come fuorvianti, in modo particolare se s'imbattano in essi menti imberbi, adolescenti inquieti, sottoposti ai ben noti bombardamenti ormonali...»

Perkollha pensa che è proprio su questi argomenti che bisogna insistere, che sono gli unici a interessare davvero ai giovani e alle giovani, a stimolarli sul serio; si sa però che non capisce niente, il Preside.

«Perché allora, egregi colleghi, non sfoltire il tutto con un assai più chiaro ed efficace nonché al passo coi tempi: 'In provincia di Lecco, in un posto non meglio precisato sul lago omonimo', che è un bel modo, permettetemi di dirlo, di tagliare la testa al toro... E, per stringere ulteriormente dappresso il punto dell'*attualizzazione*, uno dei principali delle linee-guida del Regolamento d'Esecuzione Tecnico-Pratico, recepito anche dalla nostra Circolare Interna 148 bis barra ter, prendiamo, non so, la figura dei *monatti*, i celebri *monatti*, gli addetti ai servizi più penosi della pestilenza; voi sapete bene che il Manzoni, nel capitolo XXXII, propone, tra le varie etimologie della parola, quella dal tedesco *monathlich*, cioè *mensile* o, come scrive lui, *mensuale* in quanto assunti di mese in mese.

«Ebbene, oggi si direbbe *precari*, come, eh eh, parecchi tra di voi, cari colleghi e colleghe...»

E come parecchi tra di voi, quei monatti, avevano facce da *scomunicati*, ma questo lo pensa soltanto, il Preside, senza dirlo, mentre si allenta sorridendo il nodo della cravatta (gialla a pois viola).

«Non mi sembra il caso di aggiungere altro. Spero di esser stato davvero esauriente, adesso. Considerate che i testi da voi elaborati, una volta armonizzati agli OSA (Obiettivi Specifici d'Apprendimento) e alle UIA (Unità Individualizzate d'Apprendimento) saranno in una fase successiva somministrati [sì, come una medicina, direbbe il profano non pratico di terminologia didattica] agli alunni e alunne, dopo le opportune fasi d'innesco [sì, come una bomba, direbbe il profano di cui sopra] e di riscaldamento [come un muscolo] e poi, approntata all'uopo una griglia [come per la carne e il pesce] di verifica, saranno valutate le loro reazioni secondo il modello DIVA, cioè Didattica Individualizzata con Valutazione Analogica, in vista di un effettivo *mastery learning* o 'apprendimento per la padronanza' che superi l'individuazione di un criterio di adeguatezza delle prestazioni degli alunni e delle alunne nella zona intermedia della distinzione dei risultati. Chiaro?»

«Quasi» rispondono i docenti.

«Per ogni problema residuo rimango a disposizione. E poi c'è l'UCAS, ricordatevelo! Ah, dimenticavo: il tutto andrà poi a far parte integrante e fondamentale del nostro PEI (Piano Educativo d'Istituto) e del nostro POF (Piano dell'Offerta Formativa) e del nostro PIF (Progetto Internamente Finalizzato) e verrà in un secondo momento validato e documentato *in progress* secondo attività, obiettivi, materiali e *setting.*»

«Uh!» epigrafe mentale conclusiva collettiva (da parte dell'intero Collegio dei Docenti presente in Aula).

Lavori in corso I

«Allora, cari colleghi, teniamo bene a mente che, a norma dell'articolo 88 bis del C.C.D.R.P., dobbiamo segnare sul modulo verde solo le ore di *discussione* sulle modalità di riscrittura-classici; le ore, come ha detto il Preside, *preparatorio-propedeutiche* e NON quelle di riscrittura vera e propria. Queste ore qua ci vengono calcolate e pagate (pare) non come ore intere, bensì come terzi d'ora, cioè venti minuti primi. Invece sul modulo giallo dobbiamo segnare le ore dedicate alla riscrittura *effettivamente svolta*, secondo l'articolo 88 ter del C.C.D.R.P. Le quali ore ci vengono calcolate e pagate (pare) per intero. Ore ore, insomma, non terzi d'ora. Capito?»

«Capito. Ma, Pippetti, scusa, cos'è il C.C.D.R.P.?»

«Porfirione, mi meraviglio di te! Diglielo tu, Trifena, fammi il favore.»

«È il Contratto Collettivo Decentrato Regional-Provinciale!»

«Ah già! Che sbadato! Scusate, scusate.»

Fervono i lavori preparatori o, a rigore, preparatorio-propedeutici, sotto la fioca luce emanata dai tubi al neon, perché in una sala professori che si rispetti non c'è mai veramente luce, nemmeno durante le più sfavillanti giornate di giugno.

Ora, però, non è giugno, e l'anno scolastico è nel pieno del suo corso.

«Come diavolo li riscriviamo, questi benedetti *Promessi Sposi*?» si chiedono tutti. «Ma non li hanno già riscritti? Non ce ne sono già di parodie di svariati tipi? Non è già stato fatto? Non è già stato fatto e rifatto e strafatto tutto?» E poi: «Sentite un po': oggi come oggi, attualità per attualità, se due non si possono sposare, in chiesa o altrove, ciò rappresenta forse un grande ostacolo, insormontabile? Da farci su un romanzo? No che no: oggi, i due, se non trovano chi li sposi, se ne fregano – e trombano alla grande lo stesso!»

E ancora: «Maledetto Preside! Lui e il suo SARPIAD del piffero! O del PIF, POF, PAF!»

Spetta di nuovo a Pippetti farsi avanti con una proposta: «Secondo me, dovremmo farne una versione, per dir così, *matematizzata*».

«Cioè?»

«Cioè, cioè dovrebbe risultare evidenziato il diagramma delle forze in campo, la triangolizzazione delle autorità dotate di ruolo attanziale opposto: don Rodrigo, don Abbondio, padre Cristoforo da un lato, e Innominato, Monaca di Monza, cardinale Federigo dall'altro; accanto a questo doppio triangolo di attanti manifestati in singoli attori individualizzati, un ulteriore triangolo di entità astratte, la Storia, l'Attante Cosmico (ossia la Natura abbandonata da Dio) e infine Lui, Dio cioè che...»

«Senti un po', Pippetti, lasciamo perdere...»

«No, no, fatemi andare avanti, che non ho neppure accennato al *vettore* delle forze in campo, alle loro referenzializzazioni incrociate, anche a livello figurativo, e alle isotopie, iconizzate anch'esse.»

Interviene Toboso: «Dai, Pippetti! Piantala con quest'elenco di aridità formalizzate! Seguiamo piuttosto lo sbocciare sorgivo dei sentimenti dei protagonisti, accompagniamoli passo passo nella loro lenta ma inarrestabile crescita emozionale...»

«Perché non ne facciamo un'avventura mistico-gnostica?» s'intromette suasivo Sacer. «Un romanzo allegorico-sapienziale nel quale un uomo, anzi più uomini, parecchi uomini, via: tutti gli uomini, riflessi in uno, vanno alla ricerca della creatura di luce, della Luce in persona, della luminosa Pistis-Sofia, perduta nel tredicesimo eone, ingannata dall'Arconte Arrogante (il Preside?) e poi la ritrovano, la Donna Lucente, dato che, nonostante il ritardo della parusia, il nuovo eone è già cominciato... Però subito si rendono conto che non è lei, non è lei, la Luce sepolta che bisogna disseppellire e la *quête* ricomincia, attraverso un'enorme *terre gaste* o *waste land* e, infine, addirittura attraverso gl'Inferi stessi, autentica *Nekya*...»

«Sacer, ti prego, basta! Mi vien già l'emicrania...»

«È vero, ha ragione Porfirione, non dobbiamo prenderla troppo sul serio questa faccenda; in fondo non è che un gioco, l'ha detto anche il Preside.»

«Buono quello!»

In effetti i professori vogliono solo giocare, fondamentalmente; sono come bambini o, meglio, eterni adolescenti. Crescere è una cosa che non fa per loro: desiderano che il loro anno sia *sempre* un anno scolastico, con tutto l'immutabile apparato dei rituali; che la loro vita conosca le identiche regolari scansioni che conosceva da ragazzi, quando al liceo c'erano loro. E questo sono, loro: eterni studenti! Eterni ripetenti Professori!

Di colpo, senza preavviso, prende la parola Perkollha,

con la sua voce calda e pastosa: «Dicono di me che sono un maniaco. In realtà sono un filosofo».

Toboso strabuzza gli occhietti porcini.

«Platonico, per la precisione. Io inseguo un'idea, quella della donna. Per raggiungere quest'idea devo conquistare più donne che posso. Tendenzialmente le devo conquistare tutte. Perché le donne sono come i formaggi. Per arrivare all'idea del formaggio non puoi rifiutare, che so, i formaggi erborinati o quelli piccanti o quelli a pasta molle; non puoi limitarti a mangiare solo i formaggi dolci.»

«Perkollha, ci faresti il piacere di dirci cosa c'entra questo bel discorsetto caseario con la nostra riscrittura?»

«In apparenza, niente. È che la prendevo larga per significare che il Preside capisce poco.»

«Be', allora la potevi prendere anche stretta.»

«Intendevo che capisce poco quando ci consiglia di evitare le allusioni sessuali. Invece lo sappiamo tutti che tira più una mutanda che un carro con la banda.»

Mormorio d'approvazione generalizzata: «È possibile, è possibile».

«Non so cosa scriveremo né come» esclama Pomponia Grecina, agitandosi e trasmettendo forti movimenti ondulatorio-sussultori alla piumetta di fagiano del suo cappellino verde, «però, secondo me, dovrebbe emergere con nettezza, dalla nostra riscrittura, che il celebre finale del capitolo ottavo dei *Promessi Sposi*, lo so a memoria: *addio, monti sorgenti dall'acque, ed elevati al cielo; cime ineguali, note a chi è cresciuto tra voi* eccetera eccetera; lo so tutto, eh, ma ve lo risparmio; questo finale di capitolo manzoniano, dico, è modellato direttamente sul finale del *Filottete* di Sofocle, so a memoria anche questo: *addio, tetto che m'hai protetto, ninfe dell'acqua e dei prati, muggito possente del mare... addio terra di Lemno...*; e questa filiazione, non so come, deve venir fuori dal nostro rifacimento.»

«Va' là, Pomponia! Cosa vuoi che gliene freghi ai nostri giovani di queste cose classiche! Hanno ben altro per la testa!»

«Non l'hai capito, Pomponia, che è un gioco?»

«Perché non ne facciamo un giallo? Gli ingredienti di cronaca nera ci sarebbero: minacce, tentata violenza, sequestro di persona e, sullo sfondo, una cupa guerra di mercenari, con saccheggi, stupri di gruppo, per non parlar della peste, con l'abolizione di tutti i vincoli legali e morali...»

Dan Baha salta su, come morso da un'aspide: «Un giallo? Un altro giallo? Ma quanti ce ne sono, oggi, di gialli? Ci sono quelli di Camilleri, Carofiglio, Carlotto; quelli di Faletti, Lucarelli, Biondillo; di Fois e Giuttari e Vichi; di Dazieri, De Cataldo, De Silva, De Strakkaganassh...»

L'abbiamo pur detto che la letteratura italiana esercita un certo fascino sui lettori tragedistani.

«Ormai se uno decide di scrivere, scrive un giallo, o un horror o, come minimo, un legal thriller; se uno non scrive di morti ammazzati, di strangolati, squartati, sbriciolati, spezzettati; di delinquenti, malfattori, farabutti, sicari, killer con o senza mandanti; se uno non fa così, non gli par mica di scrivere. Ormai scrivere vuol dire scrivere gialli. E a me il giallo, personalmente, è un colore che non piace neanche tanto.»

«Però se scriviamo un giallo, magari se ne entusiasma il critico Uhrygu, che lo lancia sulla copertina del magazine 'Tragedistan news'! Diventiamo delle star!

La gente s'informerà su come ci vestiamo! Se portiamo i cappotti di tweed! La cravatta di cachemire! Le scarpe Church! La piumetta di fagiano sul cappello! E poi, il nostro libro, lo allegheranno pure al giornale! »

« Oh no! Ancora un altro libro allegato al giornale! » chiosa sconfortato Porfirione. « No! Per carità! Hanno allegato e allegano di tutto, non solo gialli: romanzi storici, biografie, classici del Novecento, dell'Ottocento, del Settecento e del Seicentocinquanta; storie della letteratura, storie della scienza, storie della storiografia, storie della storia della storiografia; enciclopedie dell'antipasto misto; dizionari psico-botanici sulle piante grasse e affini; guide turistiche, guide telefoniche scadute, guide alpine a riposo... Non se ne può più... Quand'è che, andando in edicola e chiedendo fiduciosi il giornale, ci si vedrà consegnare solo quello, e basta, senza allegati, inserti, magazine; il giornale, nient'altro che il giornale... »

« Chi lo sa? Certo che quel giorno, quello del giornale semplice, sarà un gran giorno, quando sarà. »

« Torniamo al tema: io proporrei di riscrivere i *Promessi Sposi* ricalcando il metodo filologico dei *loci critici.* »

« Spiegati meglio, Baha. »

« Nel senso che individuiamo » prosegue Dan Baha « alcuni punti forti, alcuni momenti salienti, topici, del testo; ci concentriamo su quelli, e li rielaboriamo. »

« Con molto sesso, però! »

« E perché no, Perkollha? Non precludiamoci niente. »

Crepereia Trifena tace; sotto il suo ciuffo color carota coltiva pensieri perfidi: lo so io perché il furbetto se ne viene fuori con i *loci critici*! È il suo sistema: paroloni di cui si riempie la bocca, per coprir le magagne! Dan Baha, per me, è uno che in vita sua non ha mai letto un libro per intero; avrà brucato qualche paginetta qua, qualche paginetta là. E lo chiama *metodo dei loci critici*!

Che Crepereia Trifena sia acida, acida acida, è risaputo. E adesso si rivela anche ingiusta: Dan Baha è un lettore accanito e scrupoloso, come pochi tra la classe insegnante.

«Vada per i *loci critici*, e per l'ambientazione suggerirei la Polonia...»

«Per favore, Zebitowska...»

«Un momento colleghi, un tocco d'esotismo non guasta. Forse in Polonia no, però, però, se non altro i nomi dei protagonisti... il titolo...»

«E il tempo? In che tempo lo scriviamo? I tempi, e i modi, sono argomenti che toccano gli alunni più di quel che si creda. Pensate che a me una volta uno studente mi ha fatto tutta una tirata; m'ha detto: ma senta un po', prof, se il presente può sostituire il futuro, quando si dice *vengo domani* e s'intende *verrò domani*; se l'indicativo può sostituire il congiuntivo (e anche il condizionale), quando si dice *se lei veniva, era meglio* e vale per *se lei fosse venuta, sarebbe stato meglio*; se un infinito (*circolare!*) può stare al posto di un imperativo (*circolate!*); se succede tutto questo, cara prof, allora a che cazzo servono le regole? Dove cazzo sta di casa questa grammatica del cazzo?»

«E tu cosa gli hai risposto?»

«Gli ho messo una bella nota sul registro di classe: non ci si rivolge mica così a una signora, con tutti quei *cazzo*!»

«Brava Grecina!»

Perkollha non è d'accordo. *Cazzo* è un intercalare del tutto desemantizzato.

«Ci penserai tu a risemantizzarlo a dovere.»

Dan Baha è come in estasi, ispirato: «Ascoltate, ascoltate... Renzo sarà Ronnie... Lucia Lucy... parleranno loro, in prima persona... anche gli altri personaggi... sì... sarà un seguito di monologhi, dai quali, a poco a poco, si delineerà la vicenda, la trama...»

«Ronnie? Lucy? Allora come titolo s'impone un bel *Postponed marriage.*»

«A me pare che *Les Fiancés* sarebbe assai più distinto» sospira la Grecina.

«No... no... straniero per straniero, direi che è meglio *Rodriguez...*»

«Rodriguez?»

RODRIGUEZ – PARTE PRIMA

Ronnie

Quella di Lucy? Una famiglia di baciapile. E come tutti i baciapile avevano qualcosa da nascondere. Il padre? E chi l'ha mai visto? La madre invece c'era anche troppo, la sora Agnes [leggi Aghnes: era mezza tedesca]. Voleva saper tutto degli affari della figlia. Si metteva sempre tra i piedi.

A me, per dir la verità, non mancava niente Avevo il mio poderetto, la mia casetta e, cosa più importante, la mia bella attività avviata: importavo baffe di maiale dall'Olanda, dalla Danimarca, dall'Andalusia, che poi diventavano, dopo un sommario processo di affumicatura (quando c'era), puro speck tragedistano, speck doc, dop, igp (indicazione geografica protetta).

Insomma, stavo bene, la gente andava pazza per lo speck tragedistano doc fatto col maiale di mezza Europa. Si sa che per la gente un oggetto diventa facilmente un argomento. E quell'oggetto lì, quel tocco di speck incellofanato col suo bravo marchio rossonero sopra «autentico tragedistano doc dop igp tstrtst (testato-e-ritestato)» valeva a fugare ogni sorta di dubbi, tipo: ma che mangiano i maiali andalusi? E quelli olandesi? E quelli danesi? Chi controlla?

Per me erano soldi a palate.

E con i soldi (come son fatte le donne lo sappiamo tutti) le avventure non mi mancavano. Relazioni stabili non ne volevo però. Troppe rogne, troppe ansie. Patti chiari e amicizia lunga, anzi breve. Io glielo dicevo, alle donne: guardate, ragazze, finché si tratta di andare a mangiare una pizza insieme, bere qualcosa, quattro salti in discoteca, una gita al lago, una notte romantica o di fuoco – be': son qua, contate su di me; ma di più, no. No e poi no. E sottolineavo il tutto con un *ahn?!*, interiezione dal significato plurimo (come mi disse una volta un mio amico colto che si chiama... che si chiama... è un buon amico, ma adesso il nome mi sfugge), interiezione che voleva dire varie cose cioè, ma sostanzialmente ne sottolineava una sola: non rompetemi le palle con storie di lungo corso.

Io lavoro molto. Tutto il santo giorno. Ma proprio molto. Diciamo pure che mi faccio il culo. Ma non mi pesa. Sono uno che, che – a dirla tutta – mi stanco di più a non far nulla. Allora: il lavoro è il lavoro, ma la sera, chiuso l'ufficio, messe via le scartoffie, niente e nessuno mi può togliere il piacere di una passeggiata coi fiocchi. Ah! che meraviglia! Il Tragedistan avrà tanti difetti, ma è bello! Lo chiamerei uno dei posti più belli del mondo, non fosse che, avendovi passata una parte dell'infanzia e dell'adolescenza (eh sì, me ne sono andato a diciotto anni e poi, come parecchi, son ritornato), non riflettessi che è impossibile dare un giudizio spassionato del posto cui sono associate le memorie di quegli anni (me l'ha detto anche il mio amico, il mio amico... ma come si chiama?).

Una delle mie passeggiate preferite è lungo il lago. Magnifico! A volte la strada è come seppellita tra due muri che superano la testa di chi cammina, e uno è quasi oppresso dai monti, da impassibili cime di monti. Ma spesso lascia libero campo allo spaziare dello sguardo, che si perde in uno sfondo azzurro d'acque e cieli. Cioè, cioè d'*un* cielo. *Il* cielo tragedistano. Quel cielo così bello quando è bello. Così brutto quando è brutto. Così coperto quando è coperto, dalle nuvole, e così invisibile: infatti non si vede mica, il cielo, si vedono le nuvole, ma oltre le nuvole si può star sicuri che c'è lui: l'impareggiabile cielo tragedistano.

Per questa mia solita strada me ne tornavo, una sera, sarà stato ottobre o novembre, stanco ma felice, perché era uno dei più splendidi tramonti d'autunno: roghi lontani di nuvole incendiate, rocce di sangue, porpora a profusione ovunque; e spirava anche una brezzolina frizzante che ripagava dello sforzo d'esser vivi.

Tornavo, deponendo i miei passi con cura, con attenzione perfino, mentre gli occhi girovagavano oziosamente d'attorno.

Ero pieno di gratitudine per quel paesaggio visto mille volte, mille volte riconosciuto, dove tutto era perfetto perché tutto era noto, assolutamente noto. Nulla che mi desse noia, nulla che mi offendesse, nulla di nuovo, cioè.

E, dannata la miseria!, proprio mentre mi dicevo queste cose, mentre me le rimescolavo dentro il cervello queste frasi dette e ridette anch'esse «ah! tutto è sempre uguale, qui! ma per fortuna! è un bene!», proprio in quel momento esatto, no! chi è quella là?! che ci fa là, al bivio per Laramie?! non vorrai mica dirmi che aspetta me?! me?! proprio me?! e mi girai di scatto per vedere se caso mai ci fosse qualcuno dietro, che veniva; non c'era nessuno; alzai lo sguardo verso la collina, se mai ci fosse là, qualcuno sopravveniente; nessuno; aguzzai la vista per cogliere qualche movimento laggiù, un poco oltre il bivio per Laramie; macché! nessuno, niente, mai.

Quella donna aspettava me. (Che fosse una donna l'avevo capito subito.)

Ripassai fulmineamente i nominativi di tutti i clienti cui avevo fornito baffe avariate o ripiene di vermi latenti o dotate di muffe segrete: erano parecchi, ma una donna non c'era. Tanto meno una di mezza età, come quella che mi si andava parando dinnanzi.

«Carissimo!» mi fa prendendomi la mano. «Desidera?» faccio io sottraendola alla presa con gelida cortesia. «Non è Lei il signor Ronnie, il ben noto importatore di baffe di maiale?» «Per servirLa.» «Mia figlia e io siamo Sue ammiratrici sfegatate!» Ma che cazzo! pensai, ammiratrici di un importatore di baffe di maiale?! «Lei, Lei, signor Ronnie, è un uomo così dolce, così delicato, così...» Io?! Cosa diavolo voleva da me, quella donna, dal vago accento tedesco?

In sintesi: oltre al fatto che mi s'appiccicò per tutta la passeggiata, rovinandomela irreparabilmente, mi raccontò un sacco di storie e storielle su me e i miei parenti di terzo e quarto grado (gente di cui ignoravo perfino l'esistenza) e poi, di digressione in digressione, portò a poco a poco l'argomento su sua figlia, una ragazza ammodino, timorata di Dio, che si chiamava Lucy e che io dovevo assolutamente conoscere, e per questo m'invitava a casa sua, anzi a casa loro, era un invito ufficiale, non potevo mancare, si sarebbero offese eccetera.

Mi era venuto un forte mal di testa. Per troncare quel fiume di chiacchiere accettai.

E questo fu il biglietto da visita di Lucy. Un biglietto che portava la firma, piuttosto espansa, della madre; un biglietto vidimato dalla sora Agnes [leggi Aghnes].

Era poi bella Lucy? Mah! Aveva a occhio e croce venticinque anni. A prima vista, non dico di no, poteva anche parer bella, ma era una bellezza sbattuta, sfiorita, scomposta, scompaginata, sconvolta – come di chi facesse chi sa quale vita. Aveva una fronte ampia, spaziosa, bianchissima, ma la corrugava spesso, quella fronte. Quali pensieri la attraversavano? Aveva capelli neri neri, ma li deturpava con acconciature etno-barbariche (si piazzava in testa non so che ferramenta luccicante; se uno la guardava all'aperto, sotto il sole, si doveva mettere una mano davanti agli occhi, per il riflesso insopportabile). Gli occhi: neri anche quelli, due tizzoni carbonizzati. A volte ti trapanavano. Altre volte, molto più spesso, ti evitavano. Sembrava che ti chiedessero affetto e comprensione, quegli occhi. Oppure che cercassero d'incenerirti. Le guance, bianche come la fronte, scendevano con un contorno grazioso e tenero, ma alterato e reso monco da una lenta estenuazione. Le labbra: un filo, ma rosso intenso, che, su tutto quel biancore, spiccava forte. E le muoveva, quelle labbra intensamente filiformi, con movimenti improvvisi, colmi d'espressione e di mistero. Mai un sorriso, però.

Insomma: non si capiva niente di questa benedetta Lucy. Non si capiva cosa voleva, né in generale, né da me in particolare.

Eppure, lo confesso, io, a lei, mi ci ero anche affezionato.

Perché a quel primo invito della madre ne erano seguiti molti altri. Cene. Pranzi. (La sora Agnes dimostrava buona volontà, ma ai fornelli non è che ci sapesse tanto fare.) Passeggiate. Escursioni sul lago.

Mi era stata buttata fra le braccia, Lucy, da sua madre. Ma per farne che?

Così, nonostante tutti i miei proponimenti d'indipendenza, di libertà, di non-coinvolgimento, pian piano, zitto zitto, a corserelle e fermatine, mi ero lasciato accalappiare per benino. E, confesso di nuovo, nemmeno mi dispiaceva. Ma lei, Lucy, continuava con quei suoi modi sfuggenti, con quegli occhi di colpo bassi, quelle braccia levate, come a schermirsi. E poi rossori improvvisi. Subitanei balbettamenti. Lacrime addirittura. Quasi che io, io, fossi il suo persecutore, e non uno tirato a lei dagli argani della mamma, la sua.

Si trattava forse di pudore? Timidezza? Va bene, ma a quei livelli! E in una donna di quell'età! Mica una bambina, una ragazzina! Lucy era una donna fatta.

Cercavo di stare solo con lei. Agnes non ostacolava certo l'inclinazione.

La portai dunque, Lucy, a vedere la mia casetta, piccola ma comoda, il mio poderetto coi suoi peschi, i fichi, la splendida vigna, vanto della tenuta.

Magari, pensavo, davanti alle armonie della natura, al nitore dell'idillio agreste (suggerimenti del mio amico... del mio amico... lui, insomma!) qualcosa sarebbe successo. Aggiungici una buona cenetta, confezionata coi sani prodotti del mio orto. Ma lei, niente, dura uguale.

Fu a quel punto che cominciai a pensare a qualcosa che non andava. A un segreto. A qualcosa di nascosto, a una combutta di madre e figlia per farmi fesso, per dirla tutta.

Ma fu solo un'impressione. Fugace. Allora.

Sarebbe bastato poco a dissipare le ubbie. Magari solo una parola. Una parola antica quanto il mondo, e pure sempre nuova. La parola *amore*. Ma lei una parola così non la pronunciò mai, neanche per sbaglio. Ma che dico *amore*! Molto meno sarebbe bastato.

Pensare che, una volta, dopo che mi avevano mandato, lei e la madre, a Milano (e non era la prima volta) a sbrigare certe loro faccende pazzesche, roba da lasciarci le penne, e non esagero, be', dopo che, per loro, a Milano, a momenti ci lascio la ghirba, quando mi sono ripresentato, la sora Agnes mi fece lei quasi più feste che Lucy, la quale si limitò dal canto suo a un «ciao, come va?» così stentato, così cavato fuori con le tenaglie, che sarebbe magari stato meglio il silenzio!

Ma dov'era, non dico l'amore per me, che era pretender troppo, ma almeno l'amore per il prossimo?! Eh sì, perché di solito era tutto un tirare in ballo Dio, la Madre di Dio e i Santi! E che santi! E a che proposito! Anche il più insignificante.

«Allora, cosa si mangia stasera?»

«A Dio piacendo, pappardelle coi funghi.»

«Facciamo un giretto lungo il lago?»

«Se non è contrario ai voleri della Vergine del Pilàr.»

«Potremmo passare le vacanze tutti insieme a Rimini, no?»

«Se non rechiamo offesa al culto di san Squinternotto.»

San Squinternotto? E fosse stato il solo. C'erano, citati ogni momento, il Beato Pareo (Pareo?), il Servus Dei Tanabuso, il Diacono Ricotta...

Non basta: c'era un frate, con una gran barbaccia bianca, un certo Laurence, che, sarò franco, mi piaceva proprio poco. E questo Laurence le ronzava sempre intorno. Più d'una volta li ho sorpresi in confabulazioni fitte fitte che, al mio solo apparire, cessavano di colpo.

E sorridevano, i due. Altrimenti, l'ho detto, mica la vedevo mai sorridere, Lucy. Figurarsi il frate! Che di solito aveva una ghigna, ma una ghigna!

Di cosa avranno parlato? Perché smettevano quando arrivavo?

E dopo tutto questo, durante quella famosa estate, quell'interminabile estate più secca del secolo, e più calda dei secoli dei secoli, in una giornata terribile, di quell'estate, una di quelle giornate di sole velato, di aria immobile pesante senza voli d'uccelli, quando nessun viandante parla, il cacciatore cammina pensieroso, la contadina smette di cantare, e il travaglio interno della natura si cela nelle forme esteriori della calma assoluta, ecco, allora, l'ho sentito, sussurrato in quella casa, quel nome: Rodriguez.

Lucy

Alla favola dell'amore eterno, oggi come oggi, non ci crede più nessuno. Perché dovevo crederci proprio io? Infatti non ci credevo. Non ci ho mai creduto. Neanche da piccola.

Dev'esser stata l'influenza di mia madre. Lei è una donna del Nord. Lassù non stanno tanto a disquisire, a sdilinquirsi. Vanno subito al sodo. Non hanno la tradizione latina o neolatina. Il saluto. Il *senhal*, o nome falso. La donna dello schermo. L'apparizione della suddetta donna in vesti candide o rosso fuoco in chiesa o in una stradudcola laterale del centro storico. Macché! Tutte balle! Là gli amanti non sono questi segaioli pallidi che scribacchiano poesiole senza sugo. Là son gente decisa, che tromba! E subito. Mi piaci? Ti piaccio? E allora sotto: via il boccale di birra, via il würstel mezzo addentato, e alè diamoci dentro con gli organi ben lubrificati! Poche ciance!

Mia madre era così. Il primo dei suoi amanti era un pasticciere. Il primo di cui io abbia memoria, intendo. Un ometto tracagnotto che abitava lì vicino. Si dice che fosse fornito di un valido attrezzo, per impastare.

Inoltre, essendo un pasticciere, non le faceva mai mancare una buona dose di biscotto, alla mamma. Di gran biscottoni ogni giorno, più volte al giorno.

Si dà il caso che quest'uomo dedito notte e dì all'infornare avesse anche lui un figlio, un ragazzino sveglio di bell'aspetto.

Io, quando lo vedevo, quando stavo insieme a lui, e ci stavo spesso, perché suo padre e mia madre ci chiudevano in cucina, per discutere in pace certi loro problemi spinosi, dicevano, io mi sentivo tutta rimescolare; mi sentivo ribollire il sangue: avevo tanta voglia di stuzzicarlo, di toccarlo, di pizzicarlo, fargli il solletico e, nello stesso tempo, una forte paura di darlo a vedere, che gli volevo fare quelle cose lì.

Quando ci separavano, dato che suo padre, come detto, doveva pur lavorare anche lui, e mia madre anche, mi pareva di continuare a vederlo dappertutto, persino nella zuppa scondita che la mamma mi serviva di malagrazia. Le donne tedesche odiano cucinare, e non si danno nemmeno la pena di nasconderla, questa loro avversione per i fornelli.

Il primo bacio. Non lo ricordo mica quanti anni avevo, quando ce lo siamo scambiati, il primo bacio. So solo che mi sembrò d'esser sollevata di colpo da terra, di storcermi in tutti gli arti, e la testa si staccava dal corpo, e il cuore era una vela lasca gonfiata da un improvviso maestrale.

Dopo il primo, ne venne un secondo, poi dieci, poi cento e mille e altri cento. Baci.

Non ne ero sicura, ma avevo un confuso presentimento. Divinavo, forse sempre per via dell'influsso materno, che, dentro i calzoni stinti e un po' logori del mio compagno di giochi, ci fosse un tesoro.

E quando lui me lo mise in mano, quel tesoro, in tutta la sua lunghezza, e me lo fece tastare e stringere e stringere ancora, al principio l'ho creduto un bollo, un gonfiore, un bubbone livido. Ma poi. Poi non ci ho messo molto, a capire.

Fu una rivelazione totale. Quell'aggeggio strano, quel tubo elastico che tenevo nella mano diventò, come dire?, il manico di tutte le cognizioni.

Adesso sì che mi erano davvero chiare le risatine, le occhiatine, le gomitate nelle costole che si davano le signore al mercato, quando il pescivendolo gridava: «Uhei! Donne! Guardate qua che anguillone! O le belle anguillone, pronte per l'uso! Vedrai che piace anche a te, piccola!»

Andavo al mercato a cercar del pesce fresco, sperando che magari la bontà della materia prima stimolasse la fantasia culinaria della mamma.

La speranza andò delusa, però io alla mamma dicevo tutto lo stesso. Mi confidai con lei. E lei ridendo mi consigliò di non tergiversare tanto, con quel ragazzetto.

«E che vuoi, Lucy, che ti vengano le ragnatele sopra? Sei giovane, la gioventù passa presto. Coraggio! È questione di un momento. È come farsi cavare un dente. Anzi: è decisamente meglio.» E aggiunse: «Ricordati che gli uomini sono organismi semplici, sono organismi unicellulari. Se li prendi per il verso giusto, e tu sai già qual è, li porti dove vuoi, gli fai fare quello che vuoi; te lo ripeto, in testa non hanno che una cosa sola, assecondali, ti troverai bene».

Quel ragazzetto, il primo, il figlio del pasticciere, si chiamava Anselmo Suolavecchia. Dopo, in effetti, ce ne fu qualche altro.

A magnificarmi in lungo e in largo le virtù di Ronnie è stata mia madre, tanto per cambiare.

Uomo posato. Con i piedi per terra. Attività redditizia. La sua bella campagna al sole.

« Ti sistemi, finalmente. » E insisteva: « Dai, fatti sotto. È un ottimo partito ».

« Ma, mamma! Non m'interessa. »

« Non l'hai ancora capito che un marito è un'eccellente copertura? »

« Per cosa? »

« Come, *per cosa*? Ma per farti gli affaracci tuoi con tutti gli uomini che credi! »

« Dici?! »

« Sicuro. Fidati. Sono o non sono tua madre? Sono o non sono venuta al mondo prima di te? »

E questo era innegabile: mia madre è venuta al mondo prima di me.

Ma quel Ronnie, quel Ronnie! Che razza d'uomo era?

Quando mi portò, nonostante avessi cercato in tutti i modi di schermirmi, di sottrarmi alla tortura, inventando ogni sorta di scuse, quando infine gli riuscì di trascinarmi a visitare la sua «famosa» vigna, capii in un lampo che tipo era.

E quella, era una vigna quella?

Direi piuttosto una marmaglia d'erbacce, un guazzabuglio di steli, un impraticabile intrico, un labirinto verde, un caos vegetale, una giungla a latitudini non sue! Altro che vigna!

Sì, sì: qua e là, concentrandosi, aguzzando gli occhi in uno sforzo supremo d'attenzione, si riusciva a scorgere, con gran fatica, il segno dell'antica coltura: qualche tralcio, in righe spezzate, traccia superstite di vetusti filari, un cenno d'uva turca, coi suoi foglioni verdecupi orlati di porpora, impressionanti!

Un pasticcione! Ecco, in una parola, cos'era Ronnie!

«Questa qua, vedi» mi spiegava tutto soddisfatto, «è acetosella.» Ma no! Non mi dire! «E quest'altra è panicastrella.» Uh! Davvero! «Questi qui, invece, arrampicati e avvoltolati ai gelsi, sono vilucchioni.» Pensa! Autentici vilucchioni. «Queste sono radicchielle, della famiglia delle cicoriacee.» Però: buono a sapersi. «Questi qui, a forma di piedi d'oca, son farinelli.» Guarda, guarda: farinelli! «Ma si posson chiamare anche farinacci.» E me lo dici così! Che notizia!

Un pasticcione imbranato! Uno che viveva fuori della realtà! Ma che baffe di maiale avrà importato uno del genere? Secondo me gli mollavano baffe di tricheco! Ecco perché lo speck faceva così schifo!

Comunque: se non lo fermavo era capace di parlare per due ore filate di quelle quattro erbe in croce.

Del resto, anche mia madre, in seguito, ebbe ben presto a ricredersi sul conto del suo Ronnie. Un paio di volte lo spedimmo a Milano per certe commissioni.

Combinò dei disastri. Disastri belli e buoni. Lasciamo perdere.

Mentre mi descriveva con zelo degno di miglior causa il relitto semicancellato di quella che anni prima era anche stata (forse) una vigna o qualcosa di simile, mi venne la tentazione d'interromperlo, di dargli sulla voce, gridargli sul muso: ma non vedi, pezzo d'asino!, non vedi come soffre questa famiglia di vegetali?! Non vedi che quell'albero è infestato da un formicaio! Quell'altro da bruchi! Da mosche! Da lumache! Da zanzare! Che in tutto quest'ammasso non trovi una pianticella sola in stato non dirò di salute, ma che almeno se la passi alla meno peggio?!

Non ti accorgi che le strazi, queste erbe disgraziate, che le stritoli, le ammacchi, ne spremi il sangue, le rompi, le uccidi! Tu le uccidi! Questa cosiddetta vigna o ex vigna è un luogo di sofferenza! E tu che fai? Esaurisci una nomenclatura! Cialtrone!

Ma non avrebbe capito. Preferii rimanermene in silenzio.

Passò a mostrarmi la casa. Più che una casa, un cascinotto. Le pareti scrostate, imbrattate, neanche avessero dato ricetto a un esercito di mercenari in transito. Il soffitto? Un parato di ragnateli. All'aprirsi della porta del salotto (per usare un eufemismo) ci fu uno scompiglio, uno scappare incrocicchiato di topacci grossi da far paura. E lui, con un sorriso ebete, se ne uscì con un sonoro: « E adesso una bella cenetta! »

« Grazie, ma non ho molta fame... »

« Come? Ci son qua le primizie del mio orto! »

« Ah be', allora... »

Alla faccia della cena! Polenta e latte, un po' di carne secca, due fichi (due di numero) e una, e una sola, pesca! E con questa roba aveva intenzione di *farmi onore*! E sì che io ero abituata alla cucina di mamma.

Oltre che pasticcione, anche taccagno. (Persino mamma aveva notato che era abbastanza *oculato*.)

Alla larga! Dovevo liberarmene al più presto.

La mamma mi diede il consiglio giusto, come sempre.

«Recita un po' la parte dell'acqua cheta, della santarella tutta casa e chiesa, della madonnina infilzata insomma, che è quella che ti riesce meglio. Vedrai che funziona.»

Infatti, io di uomini ne potevo avere ben altri. Rodriguez, per esempio.

Lavori in corso II

I moduli gialli, sotto la luce fioca, vanno pian piano riempiendosi di ore segnate (ore intere); la storia narrata ha preso a dipanarsi secondo le modalità previste dal GRAPRORISCLA con il contributo di tutti, o quasi.

Eppure Dan Baha è assalito da un dubbio:

«Scusate, colleghi, anche voi avrete letto, nel *Fermo e Lucia*, tomo terzo, capitolo settimo, che *allo scrittore infervorato nelle sue idee vengono talvolta nel maggior calore della composizione certi lucidi intervalli, nei quali una voce interna dice ad un tratto: – e se fossero tutte minchionerie?* Cioè, riformulando la sentenza nel linguaggio giovanilistico dei nostri giovani discepoli: e se fosse un mare di cazzate, quello che abbiamo scritto finora?»

La Trifena in un primo momento pensa solo: ma l'avrà letto davvero il *Fermo e Lucia*? Poi, presa da un raro moto di calda umanità, si sente in dovere d'incoraggiare Baha:

«Non ti preoccupare, Dan, pensa alla *Storia della letteratura italiana* che abbiamo in adozione...»

L'abbiamo pur detto che il Tragedistan ha con l'Italia un rapporto privilegiato, ancorché burrascoso.

Dan Baha scruta la Trifena con interesse, lei, con voce tagliente, prosegue:

«Non penso che riusciremo mai a eguagliare neanche lontanamente le minchionerie e/o cazzate ivi contenute. Te ne voglio ricordare solo qualcuna, e non delle peggiori. Secondo l'autorevole manuale, Laura, quella del Petrarca, è morta nel *maggio 1348* [*sic*]! Mentre tutti sanno che Petrarca stesso, nel foglio di guardia del suo Virgilio ambrosiano, annota la celeberrima data: 6 aprile 1348 (*feria sexta aprilis*), che coincide esattamente con il giorno e mese (6 aprile 1327) del primo incontro! E quindi si tratta di uno strafalcione inammissibile!

«Nel riassumere la trama della *Locandiera* di Goldoni, i formidabili autori del manuale non menzionano nemmeno Fabrizio, l'umile ma accorto cameriere che Mirandolina finisce per sposare, preferendolo ai nobili che la corteggiano – e quest'omissione significa che i formidabili autori di cui sopra non hanno capito nulla, né della commedia, né del Goldoni, né dello Spirito del Settecento.

«E poi, nel capitolo su Svevo...»

«Okay, okay, Crepereia, hai ragione, ma non prendiamocela più di tanto. Solo: perché mai l'abbiamo adottata una *Storia* così?»

«Il Preside ha insistito...»

«Ah! Capisco...»

«Un'altra questione: ce lo mettiamo o no don Abbondio? Intendo: l'equivalente moderno di don Abbondio.»

«Don Abbondio?»

«Sì, lui. Non ve ne siete resi conto che è lui il personaggio centrale dei *Promessi Sposi*? Il primo del resto a entrare in scena – se questo significa pur qualcosa, a questo mondo, o nel mondo del romanzo...»

«Ma non è l'Anonimo, il primo personaggio che appare...?»

«Ma quello, con quel nome, conta come il due di briscola. Mentre don Abbondio è il vero eroe vincente, l'eroe della paura, con le sue impagabili *ragioni del coniglio*, un vero metafisico della viltà!»

«Ti pare?»

«Sicuro. Ma qua non l'ha letto nessuno *Il sistema di don Abbondio*, di Arcangelandrea Zottoli?»

«Arca che?»

«Fa lo stesso.»

«Ecco, bravo: tanto agli studenti, di don Abbondio, non gliene può importare di meno, credimi, Baha.»

«Se lo dici tu...»

RODRIGUEZ – PARTE SECONDA

Rodriguez

Non basta essere belli, per trombare. Altrimenti io, senza falsa modestia, avrei già fatto stragi, e da un pezzo. Con questi baffetti, questo pizzetto, questi occhi penetranti, l'incarnato olivastro del volto, il mio volto, dico. Per tacer del fisico: un metro e ottanta di asciuttezza e agilità. E poi sono anche ricco, nobile sono, di ottima famiglia; ho due macchine veloci, potenti, ho case e terreni, ho persino alcuni cavalli, uno dei quali, per la cronaca, si chiama Griso.

Mi puzza l'alito? No. Sono forse affetto da psoriasi, dermatite, lupus? No, no di certo. Un male segreto mi divora i visceri? No, no e no. Godo di ottima salute.

Il mio equilibrio nervoso? Nervi d'acciaio, mi ci vogliono, sul serio, per resistere senza scoppiare nello stato in cui vivo.

Sono forse noioso? Penso di no, quando voglio faccio ridere tutti e anche mio cugino Horacio, uno che ha la testa fina, mica uno scemotto qualsiasi, ed è pieno di idee originali, di teorie sue, anche sulle donne, tutta roba che gli viene dall'esperienza.

Comunque, se la bellezza non mi fa difetto, e nemmeno il resto, se non mi manca niente, com'è che non trombo? Perché mai non mi riesce di batter chiodo da non so più quanti anni. Anni. Anni. Si tratta di anni. Anni che vado in bianco.

Una volta mio cugino Horacio mi ha chiesto: e a donne come stiamo? Io ho steso una mano, l'ho avvicinata alla bocca e vi ho fatto scorrer sopra un piccolo soffio.

«Non importa» ha detto mio cugino.

Come *non importa*? Parla facile, lui, che di donne ne è letteralmente pieno, non sa neanche dove metterle, deve nascondersi dalle donne, Horacio; a segno che fino un *io con quella non ci ho niente a che fare*, detto per pura verità, non gli viene creduto e serve solo ad accrescere la sua già consolidata fama di playboy.

E sì che mi assomiglia, anche lui il pizzetto, i baffetti, il colorito olivastro, siamo cugini dopotutto, anzi: io sono forse addirittura più bellino di lui, eppure, eppure: lui tromba, e alla grande, e io no. Perché?

Horacio mi ha suggerito: «Il fatto è che tu non ci provi abbastanza; devi provare di più; vedi, io ci provo con tutte».

«Dio mio!» gli ho replicato io. «Chissà quanti ceffoni!»

«Certo, ma sai anche quante avventure!»

E allora anch'io mi sono buttato: prova con questa, prova con quella, prova anche con quell'altra. Risultato: ceffoni su ceffoni. Solo ceffoni però, niente avventure. Avevo la faccia gonfia, sembravo un pugile, e uno dei più suonati.

Ho provato con le mie pari, per dir così, nobili e ricche: niente da fare, troppo schifiltose.

Ho cercato di avviare delle *mésalliances* con borghesotte arricchite, villane rifatte, ex amanti di immobiliaristi, macché: mi respingevano pure quelle.

Sportive, linotipiste, maniscalche, commesse, lavandaie, fiammiferaie – non c'è in pratica categoria sociale che mi sia precluso in questa mia disperata ricerca: sempre senza esito.

Come ultima chance mi sono riservato, mi vergogno a dirlo, le... le... (ma ho mosso il primo passo, in queste mie penose e ridicole confessioni, non posso tirarmi indietro) le insegnanti, ecco! Si sa che sono le più affamate, le più disponibili, che dietro quell'aria annoiata vagamente snob, dietro quegli occhiali dalle lenti spesse si cela una furia di lupe, vere lupe. Buco nell'acqua, anche con le insegnanti! (E sì che non mi sono limitato a un'unica materia, ci ho provato perfino con quelle di applicazioni tecniche, o, come si dice adesso, educazione tecnica, mi piaceva il nome, eppure ho incassato anche il loro *no!*, un no tecnico, gridato sul muso.)

Anni, ho accennato che si tratta di anni e anni, che non trombo, non di mesi o giorni. Non è scarsità, è carestia. E nei tempi di carestia, la carestia è il soggetto di tutti i discorsi, di tutti i pensieri, dei sogni, dei sogni a occhi aperti, degli incubi notturni, delle fantasticherie. È un'ossessione, la più dolorosa delle ossessioni.

E in me è sorto ormai quel sentimento di ansia e di terrore che nasce da una cognizione confusa ma viva della sproporzione tra il bisogno e i mezzi di soddisfarlo.

Questa sproporzione è uno dei mali che spaventa la Terra.

Da un po' di tempo ho finito per mettere gli occhi su una contadinotta, una cosiddetta donna del popolo, ammesso che ce ne siano ancora di donne del popolo, e che esista, il popolo.

È la mia ultima ratio, mi son detto, o l'estrema ratio, sarebbe forse più corretto.

*

Metto le mani avanti: non è bella; mi sono accorto che le belle sono insopportabili, troppo arroganti; è proprio solo una contadina, come tante altre, se ne trovano dappertutto di donne così; ha i capelli neri, questo sì, raccolti in cerchi molteplici di trecce, e sopra, o dentro, quei nodi di trecce, certi lunghi spilloni d'argento, secondo le stravaganti mode dell'oggi, e questa massa di capelli corvini, con quelle schegge d'argento, mi ha colpito, mi ha assestato colpi profondi, dentro, ben dentro il petto, questo mio petto già abbastanza piagato.

L'ho vista un giorno che usciva non so da dove in compagnia di alcune sue amiche, tutte, confesso, più belle di lei, ma è lei che io ricordo.

Non era bella, ma aveva l'ornamento di una modestia guerriera, con quel suo passo deciso; le si leggeva sul volto, lievemente asimmetrico, un turbamento leggero, un placido accoramento. È la donna pura che fa per me, mi dissi.

Non so da dove veniva; dove andava?

Non mi sono nemmeno permesso di rivolgerle la parola; l'ho solo salutata. Non l'avessi mai fatto. Il giorno dopo pagai le conseguenze di quel gesto innocente.

Bisogna sapere che il giorno dopo era giovedì, e io tutti i giovedì che il buon Dio manda in terra organizzo una cena, una cena alla buona nel mio castelletto, di cui son ospiti fissi il sindaco Gonzales, l'avvocato Pastrufazio (gente da tener da conto, non si sa mai) e mio cugino Horacio (Horacio c'è sempre, siamo come fratelli, io e lui) più altra gente che non sto adesso a nominare.

Regnava una grande allegria, si mangiava, si beveva (la malvasia dei miei vigneti è la migliore del circondario, lo so che dicono tutti così, i produttori di vino locali, ma la mia è *veramente* la migliore); anzi, devo dire, il vino ci era già andato un po' alla testa, soprattutto a mio cugino Horacio, il quale stava lievemente eccedendo, nel tono di voce, con il sindaco, nel senso che gridava proprio. E il sindaco Gonzales, dotato anche lui dalla natura di un bel vocione, non era certo da meno. Si parlava di calcio, tanto per cambiare. Me la godevo un mondo, il calcio è uno dei pochi argomenti che mi faccia dimenticare le donne, cioè la loro assenza, il vuoto, il bianco che più bianco non si può. Poi ero anche compiaciuto di vedere come l'avvocato Pastrufazio si gustasse il mio vino, come se lo assaporasse, bicchiere dopo bicchiere; se n'era scolati parecchi e aveva il naso ancora più rosso del solito e anche la voglia di lampone che aveva sulla guancia era più rossa del solito, scherzi della malvasia.

«Non mi venga a dire che il modulo quattro quattro tre è meglio del modulo cinque tre quattro» scoppiò fuori Horacio. «Ma se neanche Sacchi, che era Sacchi, ha mai sostenuto uno sproposito simile!» fu la replica di Gonzales, mentre io e Pastrufazio avevamo assunto un'espressione di ebete assentimento, che non si capiva a chi fosse diretta, se a mio cugino o al sindaco – quando di colpo si fece silenzio, perché avevamo tutti sentito un rumore strano, come quello che fanno in una vela allentata i ripetuti soffi del maestrale che si levi improvviso, dopo lunga accalmia. E poi, subito dopo, una specie di raffica di mitra. Niente: era, preceduto dal fragore dei suoi sandalacci e della sua tonaca, il Friar Laurence. Uno scorzone di frate cappuccino. Che ci si era parato dinnanzi senza esser stato presentato, apparizione repentina, non so quanto gradita, né da chi, gradita.

Aveva due occhi, ma due occhi, due tizzoni d'inferno!

Io balzai in piedi, e così anche gli altri commensali. «Ma padre, quale onore!» «Una sedia per il padre, subito!» «Gradisca un goccio di malvasia, sentirà che roba!» e lui, il Friar Laurence, al moltiplicarsi di tante cortesie, fece due occhi ancor più di brace, se possibile, e la bocca assunse una smorfia di disgusto così marcata che se ne accorsero tutti, anche le stoviglie, che c'era qualcosa che non andava.

«È troppo calda, la malvasia? Vuole che la rimettiamo un momento in fresco?» Un suono inarticolato a mezzo tra il ruggito e il grugnito, fuori da quella barbaccia bianca, fu la risposta. Né io né i miei commensali ci sapevamo dare ragione di un tale contegno da parte del fratacchione. Non che di solito fosse un fiore di cortesia, che era sempre stato una testa calda, oltre che balzana, ma a quei livelli, e in casa mia, dopotutto, nel corso di una cena privata!

L'avvocato Pastrufazio, col tono più mellifluo o avvocatesco che gli riuscisse, esordì con un «si discuteva, eminenza» (era un avvocato, l'ho detto) «di un problema frivolo, ma non privo di spinose implicazioni sociali, un problema calcistico...»

«Detesto il calcio! Sport da analfabeti!» lo disanimò il Friar, e sì che una certa esperienza doveva averne, dato che in gioventù era stato addirittura un ultras, che aveva militato nelle Brigate Verdazzurre; non solo, ma, nel corso di una delle più terribili risse che la storia calcistica (e criminale) ricordi, aveva menato in giro di così gran mazzate che aveva finito per far fuori uno dei capi della fazione avversa: la Legione Ciclamino. E pare che fosse proprio in seguito a tale increscioso incidente che avesse udito il richiamo della religione, così forte, ma così forte che si fece frate, appunto. *Testa rasata era, testa rasata è!* fu l'amaro commento dei parecchi che avevano manifestato forti dubbi sulla reale portata di quella conversione. In effetti, da ultras a frate, non è che fosse cambiato gran che, il carattere, dico: sempre ruvido, scorbutico, brusco! Altri più benevoli avevano chiosato con un *è l'uomo antico accanto all'uomo nuovo*, frase di sicuro effetto, non nego, ma di dubbia decifrazione. Che diavolo voleva dire, realmente? Boh?!

Comunque Pastrufazio volle insistere, da buon avvocato: «Ma, secondo Lei, reverendissimo, la ripartenza è facilitata o ostacolata dal modulo quattro quattro tre?»

«Ripartenza? Che cos'è?»

Andiamo, far finta d'ignorare il concetto di *ripartenza*! Uno come lui! Un ex ultras! Come poteva?!

S'intromise mio cugino: «No, è che, con il modulo quattro quattro tre, il fuorigioco...»

«Fuorigioco? Sarebbe?»

Era troppo! Avrei voluto intervenire anch'io. «Caro Padre» avrei voluto dire, «mi permetta, sommessamente: Lei non è credibile, sappiamo tutti chi è Lei, anzi chi *era* Lei e quindi...», ma mi morsi la lingua una due tre volte di fila e stetti zitto: quello, se gli saltava la mosca al naso, era capace di spazzolar giù con uno scatto dei suoi tutti i piatti, i bicchieri, baracca e burattini e di mettermi a soqquadro la casa intera, e poi dar anche la colpa a me, il signorotto prepotente, che s'era macchiato di provocazione, e provocazione grave; perciò silenzio. Abbozzai perfino un sorriso. Aggiunsi: «Dai, Horacio, lascia stare, non stuzzicare il nostro gradito quanto inaspettato ospite, lo sai che per un uomo di chiesa il calcio non è che... lui è oltre, oltre, *ultra...*» e mi dovetti morsicare la lingua una volta di più, perché quella era una gaffe bell'e buona.

Proprio allora il Friar colse la palla al balzo, è il caso di dire, e saltò su, di furia. Poi diede indietro due passi, si postò fieramente sul piede destro, mise la destra sull'anca, alzò la sinistra con l'indice teso verso di me e mi piantò in faccia quei suoi due occhi di fuoco e stette fermo, così, come un profeta, o la statua d'un profeta, immobile, per minuti che mi parvero eterni. Benedett'Iddio, che avevo mai combinato!

Tutti tacevano. Il mondo intero taceva. Non c'eravamo che lui e io. Lui con l'indice teso, io, io, io con niente che non fosse la mia paura, il mio panico, il mio nulla.

«Tu! Poltrone! Paltoniere! Villano! Maniaco! Mandrillo di provincia in disarmo!»

«Ma, Padre, La prego, cerchiamo di moderare un po' i toni...»

«Aguzzino! Tiranno! Persecutore! Cuore di faraone!»

«Ma ma, scusi, vediamo di intenderci, qual è il punto? qual è il problema?»

«Tu! Tu! Tu sei il problema!»

«Ma, scusi, che mai Le ho fatto di male? Forse c'è un equivoco, un qui pro quo, un banale malinteso...»

«Porco! Porcello! Playboy da strapazzo!»

Questa poi, pensai, è davvero fuori luogo, se c'è uno che non... e volevo significargli il concetto quando mi travolse con un fiume di contumelie irriferibili, e infatti non le riferisco, a petto delle quali quelle con cui mi aveva investito fino ad allora erano complimenti, erano!

E poi continuò: «Credi forse che il Signore abbia

creato un essere a Sua immagine perché tu, verme della Terra, lo potessi angariare a piacimento? Lucy, dico, vedi, aborto di uomo!, non ho paura a dirlo, questo nome dolce e luminoso, Lucy, Lucy, io lo posso dire, *omnia munda mundis*, mentre tu la insidii, la torturi, la aspetti al varco per tenderle le tue trappole da quattro soldi, vigliacco! farabutto! non ti temo! »

« Ma che c'è da temere? Siamo uomini di mondo tutt'e due alla fin dei conti, anzi Lei, a rigore, cioè cioè, non travisi il senso delle mie parole... ma io, Lucy non l'ho mai... »

« Non l'hai mai cosa? Neghi l'evidenza? Razza di cialtrone! Perché hai quattro pertiche di vigna? Perché hai un paio di macchinette spider? Perché hai un ronzino a nome Griso? Stai a vedere che Dio si ferma davanti a quel quadrupede scassato! »

« Ma, scusi, non vorrei mancar di rispetto all'abito che Lei porta, ma Griso, a onore del vero, è un fior di purosangue che non m'ha mai tradito, e quanto a Lucy, visto che Lei la cita mi lasci dire che io... »

« Che tu cosa?! Che tu cosa?! Pezzo di villico! Brigante da strada! Birbone! Stupratore! »

« Come? Stupratore a me? Che non... ma lasciamo perdere, preferirei, è meglio, ma, mi lasci finire con Lucy, La prego... »

« E va bene! Finisci! Colma la misura! Forza! Facci bere l'amaro calice fino alla feccia! »

« Non esageri sempre, io, Lucy, volevo dire, io l'ho solo salutata! Capisce, reverendo? Le ho solo detto, passando, anzi le ho solo sussurrato, passando *buongiorno, signorina Lucy*, non è che le ho detto *ciao* o *salve* o *uhela* o *oilà*, un semplice e deferente *buongiorno*, e niente più. »

Ma, mentre mi riusciva di portare a termine questa faticosa precisazione, che era poi la verità assoluta, quello se n'era già andato, di furia com'era venuto, a balzelloni, a saltelloni, come un masso che rotoli giù per un burrone senza saper bene perché.

E io me ne rimasi così, bastonato, cornuto e mazziato, simile a un albero che si sia beccato la grandine come il cielo la manda, senza far tante storie, anche perché non le può mica fare, le storie.

Dopo son perfino venuto a sapere che si era vantato in giro di aver riportato al suo posto un prepotente, un iniquo che è forte, che l'aveva insultato e si era chiamato offeso, che si era adirato dei sospetti facendogli però capire che erano veri, i sospetti, che lo aveva schernito e aveva chiesto ragione, che lo aveva atterrito e si era lagnato, che era stato sfacciato e irreprensibile; e tutto questo bel popò di antitesi aveva avuto il coraggio di scaricarlo addosso a me, nelle sue vanterie in giro, dopo che in realtà, come del resto mostra il mio resoconto veridico, mi aveva massacrato davanti a tutti, cioè davanti al sindaco Gonzales, all'avvocato Pastrufazio, ad altra gente senza nome e, soprattutto, davanti a mio cugino Horacio, che in tal modo venne a conoscenza dell'ultimo mio innamoramento, per la contadina Lucy, nemmeno tanto bella, del mio fiasco in nuce, con tutte le conseguenze del caso.

Ma perché prodursi in quella piazzata *coram populo*? E perché si chiamava Friar Laurence, quel fratacchione che d'inglese aveva ben poco, mi pare, a cominciar dalla flemma? Quesito ozioso, non nego, ma almeno mi distraeva un po'.

Appena partito il frate, mi ero precipitato fuori dalla sala anch'io, fingendo di volerlo inseguire, in realtà era solo per togliermi alla vista di Pastrufazio e della sua voglia di lampone sempre più rossa, e di Gonzales e di mio cugino. Horacio aveva infatti assunto un'aria, ma un'aria che stava a dire: ahia! un altro colpo a vuoto! e con una contadina, pure! Rodriguez, Rodriguez che cosa mi combini! E ti tiri addosso perfino la Chiesa! L'ordine dei Cappuccini! Non lo sai che preti e monaci è meglio lasciarli stare? Specie in queste faccende.

Non che Horacio le dicesse queste cose, ma il suo sorriso, i suoi baffetti, i suoi occhi mobilissimi parlavano per lui, ed erano molto più eloquenti di qualsiasi parola.

Mi rifugiai nella stanza blu, detta anche la stanza degli antenati. Alle pareti pendevano, e pendono anche adesso, ritratti di famiglia di varie generazioni.

Zio Adalberto, il nonno Guzman Olivares, il bisavolo Ferrer, don Consalvo, che aveva sposato la biscugina di una cognata della suocera di Prassede Hernán, il babbo Rodriguez IV, conte di Haro e Castelbello, Signore della Casa di Gargazzone, il trisavolo Rodriguez II, Gran Contestabile Tragedistano, titolare del feudo dei Sette Infanti di Laramie, nonna Edvige – tutti quei volti erano una foresta di facce severe; la foresta stormiva all'unisono: babbeo! pirla! vergogna della famiglia! Tu infanghi il nostro nome! Il nome dei Rodriguez! Un nome che era come una fucilata nel silenzio della campagna! Un nome che era come un lampo nel pieno d'un temporale notturno, che illumina in confuso gli oggetti, e accresce il terrore! E tu, questo nome venerato e temuto, tu l'hai ridotto a oggetto di burla, a sinonimo di buca, bidone, sòla; l'hai reso un tristo equivalente dell'andar in bianco, sempre in bianco. Sei un indegno portatore di nome, del nostro nome glorioso!

Solo zia Mercedes, da una cornicetta d'argento posta in un angolino remoto, mi sembrava mormorare con una certa dolcezza: su, su, non t'abbattere, ti capisco, sai, ma forse questa è magari la volta buona, su, insisti, non mollare...

Cara zia Mercedes, ma era stata lei pure la vergogna della famiglia, aveva scelto (sì, scelto! non era stato nemmeno un ripiego!) aveva scelto di sua spontanea volontà di fare l'insegnante.

Di questo tenore, se non tali, erano le parole che parevano provenire da quella galleria di ritratti, tutti forniti di baffi e pizzetto, i maschi almeno.

Giungevano fin lì, nella stanza blu, gli echi delle risate. La risatona profonda di Gonzales, quella avvocatesca di Pastrufazio; il più ilare di tutti era mio cugino Horacio; ridevano perfino gli avventori anonimi.

Che fare? Che diavolo dovevo fare?

Quando uscii dalla stanza blu se n'erano andati tutti, per fortuna! Tranne Horacio.

«Senti un po', Rodriguez, ce l'hai una strategia, questa volta, o vai a casaccio come al solito?»

«Ma, Horacio, ma, una strategia in che senso?»

« Come in che senso? Le donne si conquistano, non lo sai?»

«Spiritoso! No che non lo so!»

«Già. Qui è il problema. Non lo sai. Comunque, ascoltami, a questa... questa... come hai detto che si chiama?»

«Lucy.»

«A questa Lucy, contadinotta, no?»

«Sì.»

«A questa Lucy dei campi, stalle addosso, corte serrata, non mollarla un secondo, oggi come oggi il saluto è un po' pochino; è finito il tempo degli stilnovisti.»

«Dici?»

«Dico, dico. Usa il metodo etiope.»

«Cioè?»

«Gli etiopi le gazzelle le inseguono per ore, ore e ore, finché cadono esauste; le prendono per sfinimento; tu usa lo stesso sistema, tanto non hai niente da perdere.»

«Sei sicuro?»

«Fidati! Sono o non sono tuo cugino?»

«Farò come dici.»

«Bravo, e poi, fammi sapere.»

La tampinai ovunque. Alla mattina quando usciva di casa, io ero là. La sera, quando rientrava, c'ero. La notte, quando festeggiava con amiche e amici (una vita sociale intensa, per una contadina), non mancavo. Ero la presenza muta della sua vita. Perché non ardivo parlarle. Avevo smesso perfino il saluto. Lei, come mi vedeva, assumeva un'espressione strana. S'irrigidiva tutta. «È la purezza minacciata, pensai, che si difende dall'assedio.»

Lei non diceva niente, ma le sue amiche ridevano, anche i suoi amici (proprio parecchi, devo dire). Giunsi a travestirmi. Ora da pellegrino, col suo bravo bordone, un cappellaccio, il regolamentare sanrocchino in tela cerata sparso di conchiglie. E chiedevo alla compagnia, con voce compunta: «Scusino, per Santiago de Compostela, sono giusto di qua...?» Ridevano ancora di più (più gli amici di Lucy che le amiche o Lucy stessa). Ora da sicario, nel suo doppiopetto pacchiano, come in attesa della vittima prescelta. Ora, perfino, da mendicante, avvolto nei cenci agli angoli delle strade. Niente. Non succedeva niente. Ero diventato la favola del circondario.

La Fama, questa dea che ha (mirabile a dirsi!) tanti occhi quante penne, e tante lingue quanti occhi, e (ma questo è più naturale) tante bocche quante lingue, e infine tante orecchie quanti occhi lingue e bocche (che razza di dea!), la Fama, fulminea tra tutti i mali, se ne andava, avanzando sul suolo, nascondendo il capo tra le nubi, e cresceva andando, stridendo, di notte e di giorno, e non si fermava mai, mai, e annunciava alle genti, di giorno e di notte, la solita notizia: un'altra volta in bianco, in bianco, in bianco, il solito Rodriguez, e pensare che è anche bello!

E tutto il mio aspetto era come un attestato di ciò che la Fama andava dicendo di me.

Come potevo restare in un posto dove, lasciando stare i ricordi del passato, non certo buoni, dove la mia faccia, ovunque mi recassi, portava come lo sfregio d'un colpo fallito? Dell'ultimo colpo fallito? Una faccia dove si poteva leggere: in bianco! e per l'ennesima volta!

Presi la macchina, la più veloce delle due, mi scatenai in una folle corsa verso le scuderie. Il Griso, il mio purosangue arabo dal mantello roano, mi sembrò un confidente migliore di Horacio, almeno in quel momento.

« Griso, oh fedel Griso, gli umani mi deridono, chiedo consiglio a te; è giunta forse l'ora di parlarle, di rivolgerle la parola, alla pura Lucy, dico? »

Si levò un nitrito, forte e chiaro, il Griso assentiva. Seguii la voce della natura.

Alla prima occasione che mi si presentò, mi precipitai da lei con la lieta furia d'un uomo che, andato sempre in bianco per tutta la vita, sente finalmente vicino il giorno in cui rompere il gran digiuno.

Lucy mi accolse con un fare incerto e misterioso che contrastava non poco con i miei modi schietti.

« Lucy, oh Lucy, ormai i miei sentimenti non ti sono oscuri, la piena del mio cuore sta per traboccare... i tuoi neri capelli... i tuoi occhi... i tuoi occhi... »

E fissandoli, quegli occhi neri, mi accorsi che il suo sguardo era così evasivo, ma così evasivo che quegli occhi neri diventavan grigi, quasi, di un colore indefinibile e metallico.

« Lucy, oh Lucy, posso osare... posso almeno osare di nutrire qualche speranza... »

« Signor Rodriguez... »

Che esordio freddo, quale formalismo! pensai.

« Signor Rodriguez, ecco, vede, abbia pazienza, ma io, insomma, tra me e Lei, tra me e Lei, si renda conto, c'è, c'è degli imbrogli... »

« Degl'imbrogli? Che imbrogli? »

« C'è, c'è degli impedimenti... »

« Degl'impedimenti? Che impedimenti? »

« La colpa è mia, non creda, che avrei dovuto dirglielo prima, che avrei dovuto disingannarla subito, ma, cosa vuole?, il fatto è, il fatto è che... io... sono... sì, sono troppo buona... »

« Ma Lucy, non capisco, non capisco proprio, cerca di essere un po' più precisa » e mi avvicinai ancor più a lei, sentivo sul mio viso il suo fiato, il suo fiato agreste, bucolico, vorrei dire...

« Signor Rodriguez, giacché mi ci tira per i capelli... »

I suoi capelli corvini e luminosi...

«Giacché mi ci sforza, Le dirò, Le dirò in tutta sincerità che io non posso esser Sua né di nessun altro per il semplice motivo che...»
«Che?»
«Che c'è un voto!»
«Un voto?»
«Un voto, un mio voto alla Madonna!»
«Madonna santa!»
«Madonna santa! È il caso di dirlo!»
«Ma, ti prego, Lucy, spiegati meglio!»
«Era una notte buia e tempestosa, un signore come Lei, un uomo rotto a tutte le scelleratezze» tentai di protestare, di dirle che io in realtà non... ma Lucy proseguiva imperterrita «aveva deciso di soddisfare su di me le sue turpi voglie, voleva cogliere il fiore della mia verginità, strapparlo a forza, voleva; mi aveva rapito; ero in una stanza cupa del suo castello; i fulmini squarciavano il cielo; approfittando d'un attimo di sorveglianza allentata, con la forza della disperazione, mi buttai verso una porticina, corsi con una velocità di cui mai mi sarei creduta capace, e, alla fine di un interminabile corridoio, mi trovai fuori, alla luce, la luce intermittente e angosciante dei lampi; percorsi chilometri e chilometri sotto una pioggia dirotta; quando la pioggia era quasi cessata giunsi a una spiaggia in disparte su un golfo sconosciuto, lì, accanto agli spruzzi dei flutti, in una conca riparata, abbandonai il mio corpo distrutto e mi addormentai sulla rena umida.
«Verso l'alba mi svegliai. Provai un forte bisogno di pregare. Mi affidai alla Madre di Dio, la supplicai di por termine alle mie sventure, mi sarei consacrata per intero a lei, per intero! Non passò molto tempo che vidi emergere dalle onde una figura luminosa. La luna, mi

dissi. Ma non era la luna. Era una donna, una donna dal sorriso limpido, dalle vesti candide, dal manto disseminato di stelle. »

« La Madonna! »

« La Madonna! E mi parlò e mi disse: 'Eccomi Lucy, sono qui, vinta dalle tue preghiere; sono qui, impietosita dalle tue vicende; smetti i lamenti; il tuo nemico non è più in grado di nuocerti; sei salva; accolgo la tua offerta'. »

A questo punto Lucy fissò i suoi occhi tornati nerissimi sui miei; aggiunse che quel signore depravato era stato colpito da un fulmine proprio mentre la inseguiva, fatto che aveva portato alla conversione immediata di tutti i suoi scherani, e non erano pochi, che lei aveva fatto edificare, a sue spese, una splendida cappella, ancorché piccola, in prossimità di quella costa marina benedetta, e poi, fissandomi con maggiore intensità ancora, se possibile, levando al cielo il volto, come per cercare un respiro più libero, pronunciò queste parole, con voce commossa ma ferma: « Si dimentichi di me, si vede che non eravamo destinati ».

Ah! Lucy, Lucy, non sei solo pura, santa sei, santa!

« A che punto siamo, con quella contadina? »

« Ma, Horacio, adesso ti racconto » e gli ho riferito la faccenda del voto.

« Se le cose stanno così, mettiti il cuore in pace. »

No, no, no e poi no, io, quella parolaccia, *mettersi-il-cuore-in-pace*, non la voglio nemmeno sentire. Non so com'è con gli altri, ma a me me la ripetono tutti *mettiti-il-cuore-in-pace*. Se lo mettano loro, il cuore in pace. Ma? Ma? Che ci sia una lega? Secondo me sì. C'è una lega. Quando si tratta di trombare, ho tutti contro. E poi, se rifletto un attimo, non so neanche se sia solo contro di me, questa lega, o sia più in generale contro qualunque onesto cittadino che si voglia cavare la voglia di qualche sua onesta trombata estemporanea. Perché, se uno abborda una puttana per strada, tac, ti prendono la targa, ti fanno la multa, ti sequestrano la macchina; se vai in un appartamento, la polizia fa irruzione; se vai in un nightclub, fanno irruzione i carabinieri; oppure ci sono le telecamere nascoste, le cimici, le intercettazioni ambientali, telefoniche, telegrafiche, telefax e posttelegrafoniche. Ma è mai possibile che un onesto cittadino, nemmeno pagando, visto che gratis è ormai un miraggio irrealizzabile, nemmeno pagando, ripeto, sia libero di trombare a piacimento senza doverne render conto a poliziotti carabinieri finanzieri magistrati guardia costiera forestali corazzieri sociologi psicologi giornalisti psicanalisti semiologi?!

Comunque io non mi arrendo. Da un po' non la vedo nemmeno più in giro, Lucy. Mi è giunta voce, in questo dannato paese tutti sanno tutto di tutti, che è andata via, forse per evitarmi completamente, per non vedermi proprio.

Ho chiesto anche a sua madre, alla signora Agnes [leggi Aghnes, è di origine tedesca].

«Signora Agnes [come sopra], mi dica, dov'è sua figlia?»

«È andata via, lontano lontano» e intanto trinciava verticalmente l'aria con la mano distesa, per significare questa grande distanza.

«Sì, va bene, ma dove? Dov'è andata di preciso?» e di nuovo trinciava e ritrinciava l'aria ripetendo sempre *lontano lontano*.

Ho capito che da quella donna (non mi è mai piaciuta, del resto) non avrei cavato un ragno dal buco e me ne sono andato anch'io, lontano lontano.

Il cuore mi dice che la rivedrò presto, Lucy, e che sarà cambiata nei miei confronti, nonostante il voto.

Certo, il cuore, chi gli dà retta, ha sempre qualcosa da dire su quello che sarà. Ma che ne sa il cuore? Che cazzo ne sa il cuore? Tanto quanto il fegato, o la milza o il pancreas – o qualche altro organo inutile, che non sa niente, se non, a memoria, la sua cieca funzione e, a volte, neanche quella.

Intanto era scoppiata l'estate, l'estate più calda del dopoguerra, del secolo, del millennio, l'estate più infuocata dei tempi storici nel loro complesso; forse solo nel paleozoico ordoviciano si era verificato qualcosa di simile.

I fiumi erano un filo tremolante in mezzo a greti di ciottoli abbacinanti sconfinati; i laghi di parecchio sotto lo zero idrometrico; gli stagni – gli stagni non c'erano più, solo un velo di fango, indurito, ne serbava un vago ricordo, nel luogo dov'erano stati; le erbe gialle gridavano *acqua! acqua!* e l'acqua non veniva; gli alberi levavano al cielo muto i loro rami pieni non di gommose foglie verdi ma di cartocci marroni scricchiolanti; la spera del sole, dietro un fitto velo, mandava implacabili esalazioni mortifere, che gravavano su uomini e animali boccheggianti.

Qualcuno a quel punto pronunciò la parola *siccità*. Ma tutti gli diedero sulla voce: « Ma che ti salta in mente? non è siccità, c'è un certo secco, non si può negare, ma *siccità* è una palese esagerazione! non seminare il panico! irresponsabile! »; qualcun altro disse *arsione*, e parecchi furono d'accordo senza polemiche; perdurando quelle condizioni meteorologiche, uno s'azzardò a uscirsene con l'espressione *clima siccitoso*, introducendo l'idea negata, di sbieco, tramite aggettivo, e anche a costui andò bene, nel senso che non si trovò nessuno che avesse a sottilizzare troppo sull'epiteto.

Alla fine, quello stesso che aveva detto la prima volta *siccità*, approfittò dell'occasione e aggiunse: « Ma scusate, ragazzi, che differenza c'è tra *clima siccitoso* e *siccità*? » « In effetti » fu il commento unanime, e perciò la parola prima bandita tornò in auge: siccità.

Certe parole, è inutile negarlo, fanno davvero paura.

Con l'estate, per quanto siccitosa, erano scoppiate anche le vacanze. Le vacanze, la peste!

Segnalazioni della Fama, l'unica dea mai stanca, davano Lucy in una nota località di mare, troppo nota per trascriverne il nome.

La spiaggia era una distesa accecante di corpi, che toglievano persino la vista del mare. Migliaia e migliaia di corpi addensati l'uno sull'altro.

« Ma che ci troverà mai, tutta questa canaglia ammucchiata, in questo deserto di sabbia? in questo mare ch'è solo un'ipotesi azzurra nascosta da masse di carne? carne pallida che aspira con tutte le sue forze ad assumere un'uniforme tinta marrone, cioè, in definitiva, il color della merda, quello che più le si addice! » Di tal genere, se non proprio così, erano i miei pensieri, mentre mi addentravo in mezzo a quella concentrazione incredibile di umani distesi, seduti, in piedi, inginocchiati, camminanti, vaganti, girovaganti, che andavano e venivano e riandavano e rivenivano e non si fermavano mai; nessuno tra loro che avesse una faccia non dirò contenta ma almeno serena; quelli fermi sembravano torvi, come chi volesse difendere un territorio appena occupato con asciugamani stuoie o sdraio e sgabelli e sempre minacciato; quelli vaganti, con asciugamani, stuoie sgabelli o canotti sotto braccio, erano torvi anch'essi, non meno di quelli fermi, come animali in cerca di un territorio libero da occupare; sia quelli fermi che quelli vaganti erano sudati, affannati, affranti dalla fatica, peggio molto peggio che se fossero al lavoro, altro che ferie!

Avanzavo tra corpi mezzi nudi o nudi del tutto e gonfi, gonfiati come liuti o come contrabbassi; pance debordanti, non ventri ma ventraie affette da idropisia; piedi gottosi; oppure tronchi e braccia e gambe scheletriche con tibie e peroni in evidenza; oppure manichini disossati, slombati; dita artritiche; arti contorti; visi deformi; muscoli gelatinosi, tremolanti; esseri che parevano sempre sul punto di scompaginarsi; teste ciondolanti; chiome verginali arrovesciate; avambracci pendenti; file di polpacci dai lettini come in cerca di padrone.

Uno, dico uno, o una che fosse non dico bello (come, senza falsa modestia, me) ma vagamente nella norma, così, alla buona, entro parametri di accettabilità. Macché, neanche uno, o una.

Non potei esimermi dal pensare: ma non si era sempre detto che Dio ha fatto l'uomo a Sua immagine e somiglianza? Ma come sarà mai l'immagine di Dio? A chi dovrà somigliare? Se tanto mi dà tanto, meglio l'iconoclastia!

Pensai ancora: eppure, tutta questa marmaglia informe tromba! anche a giudicare dal numero di marmocchi gnaulanti qui riunito...

Ma per Lucy, per ritrovarla, viva o morta, sia pure in mezzo a quell'inferno di luce sabbia sudore bambocci e odor di crema, non mi fermavo, procedevo procedevo.

Su tutta la spiaggia aleggiava un rumorio continuo, un brusio incessante, un ronzio, un vorticare di suoni, di favelle diverse, di accenti di tutte le lingue conosciute, e anche di quelle sconosciute.

Certe parole che si udivano sembravano uscire dalle bocche come compresse da tenaglie invisibili: ed era l'accento austriaco, in cui le *a* diventano *o*, le *e* diventano *i* e le consonanti si agglomerano a formare magmi indecifrabili; altre parole erano dette staccate le une dalle altre come a colpi netti d'acca o d'ascia, d'ascia aspirata, ed era l'accento germanico del Nord; stacchi di glottidi svedesi; vocali estese fino ai limiti dell'estendibile, inglese americano; e poi, e poi tutti i dialetti d'Italia.

Il tristiloquio romano, umile e arrogante; il patavino, irto di sconce sincopi; il belato torinese gradevole quanto un'unghia sui vetri; la nenia trentina; brandelli di bergamasco saudita; poi raffiche di *super! cool! brutal!* che squarciavano l'aria provenienti da una zona defilata: un gruppo di giovinastri tragedistani si produceva nelle esclamazioni tipiche del loro gergo anglo-norico.

E io passavo cercando di preservare le mie orecchie più che potevo dal contagio babelico, se mai captassero nell'aria un frammento della pura voce di Lucy, o le mie narici una sua traccia, Lucy, come una pantera profumata dei favolosi bestiari medievali, e io alla sua ricerca, per mari e per monti (solo mari nella circostanza).

Mentre procedo ho nel cuore (quest'organo infido) una trista e oscura aspettativa, non so se la troverò, chiedo a uno d'indicarmi dove sia il Bagno Ferrante, voci insistenti la danno lì, e quello mi grida: «In malora tanghero!»; chiedo a un altro: «Via! via! non comperiamo niente! va' a lavorare, piuttosto!»

Infamia! Prendere me per un vucumprà! me: discendente diretto del titolare del feudo dei Sette Infanti di Laramie!

L'occhio mi cade su un prete, vestito di tutto punto (cosa ci farà un prete vestito di tutto punto in spiaggia?) e mi accingo a chiedere a lui dov'è il Bagno Ferrante; se un prete vestito da prete non ha un po' di carità, un po' d'amore e di buona grazia, bisogna dire che non ce ne sia più in questo mondo. Ma, mentre sto per formulare la mia domanda nel tono più cortese e amichevole che mi riesca, mi giro e vedo una donna. Una donna? Una virago stravolta! Con un'espressione d'orrore, odio, impazienza e malizia stampata sul volto ossuto. Con certi occhi spalancati che guardano me e insieme vogliono guardare lontano. Con una bocca. Una bocca? Una voragine aperta come in atto di urlare a più non posso, ma trattenendo anche il respiro. Con due braccia scarne levate. Con due mani grinzose e piegate a guisa d'artigli.

«Scusi, signora, sa mica Lei alle volte dov'è il Bagno Ferrante, perché, si dà il caso che...»

«Aaaaah! Aaaaaaaahh! Aaaaaaaaahhh! Dagli al terrorista! Dagli all'arabo assassino! È di Al Qaeda! È di Al Aqsa! È di Al Fatah! È di Al Qualcosa! L'ho riconosciuto! Cos'ha nello zaino?!!!»

«Ma che dice? Si moderi! Nello zaino ho solo due capetti di ricambio...»

«Sì! Sì! L'abbiamo riconosciuto anche noi. È delle Brigate Ezzedin Al Qassam!»

«Al tua sorella!...» Ma è mai possibile? Qua sono tutti matti! Sarà il sole! E il secco fa il resto.

Però non mi parve il momento migliore per esporre compiutamente le mie ragioni. Me la son data a gambe. Un cazzottone a uno. Una spintaccia a un altro. Ma la marmaglia morchiosa non demordeva, mi stava addosso come melassa. Allora mi giro, prendo lo zainetto, lo brandisco: «È pieno di semtex, certo!»

«Semtex?»

«Esplosivo, babbei!»

«Ah!»

«Se qualcuno osa avvicinarsi, faccio saltare me, lui, e sua nonna!»

Ho appena finito di parlare che vedo passare, proprio accanto a me, un camion sgangherato il cui rimorchio scoperto è pieno di bidoni gialli con minacciose scritte rosse: DANGEROUS, CAUTION: evidentemente, rifiuti tossici (su quella riviera succedeva di tutto!); la teppaglia impallidisce, io, con un balzo dettato dalla forza della disperazione, salto sul rimorchio; quello che rappresentava la più gran paura per loro, fu la mia salvezza; scaravento giù un bidone: tra quei pezzenti litoranei s'aprì il vuoto, la canaglia si dileguò al pari d'uno squadrone di scarafaggi quando s'accende un lume. Andate, andate, ortotteri lucifughi! Buon pro vi faccia! Addio!

Dopo qualche chilometro, a una curva lenta, balzai giù; vagai per un po' in quei rognosi terreni vaghi, sicuramente acquitrini in passato, ma allora pieni solo di stecchi, di scope e felci atrofizzate; alla fine trovai un cascinotto abbandonato; aprii con un calcio; trovai della paglia; mi ci buttai sopra, ma di dormire neanche parlarne!

Ecco cosa succede a essere belli! Belli sì, ma di una

bellezza arabeggiante. Forse dovrei tagliarmi il pizzetto, o magari tingermi i capelli. Macché! È il mio incarnato olivastro a fregarmi! Comunque: il mondo odia i belli, ogni giorno che passa me ne convinco una volta di più! Forse è per quello che non riesco a... Ma! Meglio non pensarci!

Di pensiero in pensiero, sulla paglia avariata di quel cascinotto, mi immergevo via via in un febbrile dormiveglia.

Io... io la inseguo... ma è come un sogno: chi fugge non riesce a fuggire, e chi insegue è immobile.

Tra me e lei... tra me e lei, tra me e le sue trecce nere e lucenti... si frappone non so come una misteriosa barba bianca: non è più un sogno, è un incubo.

Ma lo stesso io la inseguo ancora. Il mio sogno di lei non è finito... finito... finito...

Nel mio racconto regna una strana confusione di tempi e di cose, lo so, è un continuo andare e venire, come alla ventura; ma c'è, nel mio racconto, lo sento io stesso purtroppo, una forza viva, propria, benché a rigore incomunicabile, perché questa è, in breve, la notizia di un disastro: il mio.

Horacio

Un disastro. Mio cugino Rodriguez era un autentico disastro. Con le donne. Non saprei nemmeno bene perché. In effetti era d'aspetto più che gradevole, mi assomigliava; aveva un buon conto in banca, conversazione discreta: non era un genio, ma una tavolata la sapeva pur intrattenere, e anche meglio di altri di mia conoscenza. Allora come mai? Quante volte non me l'ha chiesto anche lui, con una voce incrinata dal dolore: «Horacio, Horacio, tu che hai tanto successo con le donne, spiegami come fare» e questo i primi tempi, quando ancora nutriva qualche speranza; ma dopo che l'astinenza s'era mutata in castità forzata cronica, la domanda, formulata quasi tra le lacrime, era divenuta: «Ma perché? Perché non trombo mai? Com'è possibile?»

Provavo a suggerirgli d'insistere, di farsi sotto, di darci dentro, di tener duro ma, ma... Il fatto è che a Rodriguez stavano troppo a cuore, le donne. Non avendone mai avute, o quasi, essendone lontano, innaturalmente lontano, era ovvio che per lui erano troppo importanti, le donne. E le donne, si sa, se sentono che un uomo stravede per loro, che è disposto a far pazzie per loro, allora è la fine – non te la danno più.

O meglio: prima ti riducono come uno schiavo, ti esibiscono come zimbello alle amiche ridacchianti, ti prosciugano gli averi, ti fanno ballare la tarantella tra i carboni ardenti a piedi nudi e poi... e poi... quando, sul più bello, dopo averti tenuto in bilico per mesi o anni, sono lì lì per dartela, trac! ti mollano come uno stronzo e se ne vanno via col primo benzinaio che trovano, che magari poi le riempie anche di botte, le donne!

Invece, se le vuoi conquistare, devi far finta che non te ne frega niente, ma niente di niente. La conquista è come una musica di sottofondo, non te ne devi accorgere che c'è; è come il basso in un gruppo rock: i migliori non si sentono; ci sono, ma non si sentono; quando il bassista è un incapace, ecco che viene fuori: vengono fuori le stecche (non rare nei gruppi di oggi).

E così è con le donne, non si scappa. Meno le fili, più ti si filano. Ma cose del genere non le potevo mica dire, a Rodriguez. Quello, in questo campo, era da trattare con le molle, prendeva tutto alla lettera. Se gli dicevo di far così, sicuramente prima o poi avrebbe finito coll'aggredirmi: «Ma, Horacio, che cazzo di consigli mi dai! Sono stato tutta la sera, anzi tutta la notte in discoteca, senza nemmeno guardarne una, una ch'è una, come mi hai detto tu, per farglielo capire, a quelle porche, che a me, di loro, non me ne sbatte un fico secco, e non è successo niente! Non so neanche se qualche bellezza per caso mi ha dato un'occhiata di sbieco, colpita dai miei baffetti, dal pizzetto! Dato che il mio, di sguardo, non poteva nemmeno per sbaglio cadere su di loro! Fissavo solo maschi, mi avranno preso pure per finocchio!»

Quindi tacevo. O meglio: me ne sarei stato volentieri in silenzio, ma lui incalzava, ovvio, dopo ogni nuova mano di bianco, dopo l'ennesima bidonata, la passione s'infiammava; cioè quel misto di puntiglio, rabbia, capricciosa nevrosi di cui era composta la sua passione a vuoto per le donne; e uno i suoi capricci non può regolarli, li deve soddisfare.

«Su, Horacio, dammi una dritta, dammi la dritta giusta, tu che sulle donne ne sai una più del diavolo.»

Che poi io, sulle donne, a rigore non ho uno straccio d'idea, né tanto meno una teoria. Vado così a istinto, a naso, come viene viene.

Ma ho un amico, un caro amico che, tra una trombata e l'altra (trombate mie, perché anche lui... non come Rodriguez, come Rodriguez c'è solo Rodriguez, ma insomma), tra una trombata e l'altra l'incontro, questo mio amico, e lui teorizza, teorizza parecchio, anche sulle donne, e non tromba. O si tromba o si teorizza, è un'alternativa feroce, ma su questa Terra non è che possiamo pretendere molto di più. E io poi le riferivo a Rodriguez le idee di questo mio amico, proprio caro che si chiamava... si chiamava... boh, non me lo ricordo mica come si chiamava. Io per i nomi... Ma lui era uno che a teorie non era secondo a nessuno. E quello che lui diceva a me io lo riferivo a Rodriguez pari pari, ma senza fargliélo sapere che non era farina del mio sacco. Io, per me, ripeto, penso che il meglio sia vivere a caso, l'uomo è un essere straordinariamente vago, vario, sfuggente, ondeggiante, mutevole, camaleontico, è come il vento, e la donna pure, anche lei come il vento; solo che se mi mettevo a far questi discorsi a mio cugino non ne venivo più fuori. E allora di necessità virtù. Teorie a tutto spiano.

«Rodriguez, penso di aver capito il tuo problema, è una faccenda che non c'entra con te solo, è una questione più grande, senti, senti qua cos'ho trovato in questo autore francese: *en système économique parfaitement libéral, certains accumulent des fortunes considérables; d'autres croupissent dans le chomage et la misère. En système sexuel parfaitement libéral, certains ont une vie érotique variée et excitante; d'autres...*»

«Ma che cazzo, Horacio, parla come caghi, non puoi venirtene fuori col francese, adesso! Siamo cugini! Usa l'italiano.»

«Va bene va bene, stai calmo.»

«Sono calmissimo!»

«Insomma vuol dire che la sessualità è un sistema di gerarchia sociale...»

«E allora?»

«E allora, nella nostra società, il sesso rappresenta un secondo sistema di differenziazione, del tutto indipendente dal denaro, ma si comporta come un sistema di differenziazione altrettanto spietato... »

« E allora? »

« E allora come il liberalismo economico incontrollato anche il liberalismo sessuale, per ragioni analoghe, produce effetti di depauperamento assoluto. »

« Sarebbe? »

« Sarebbe che taluni fanno l'amore ogni giorno; altri lo fanno cinque o sei volte in tutta la vita; altri mai. »

« Senti, come si chiama questo signore? »

« Mah, è uno che ha un nome, un nome pazzesco, aspetta, mi pare... mi pare Schillebeeckx... Skylleebexck o giù di lì. »

« E, dimmi un po' Horacio, ci voleva Sgrillebex per sapere che c'è chi tromba e chi non tromba? Io lo so da anni che è così, da anni, e senza Sklineex! »

E quest'ultima frase me la disse con un tono di così asciutta e risoluta disperazione che pensai: forse è meglio che si tolga definitivamente le donne dalla testa. E poi pensai ancora: mi devo attivare in tal senso, magari mi sento un po' col mio amico teorico senza nome.

« Di' a tuo cugino Rodriguez di frequentare un po' una professoressa, vedrai che gli passa la voglia di aver a che fare con le donne. »

« Dai, è mio cugino, appunto, non posso spingermi a tanto. »

« E allora pratica qualcuno degli infiniti testi della letteratura antifemminile e adattali ai casi del cuginetto e riraccontaglieli, vedrai che funziona. »

Una sera che eravamo a cena in una di quelle locande in stile falso rustico, con le travi a vista da cui pendono lumi che spandono una mesta mezza luce, uno di quei posti pretenziosissimi gestiti da osti rapinatori (e quello nella fattispecie aveva una faccia pienotta da filibustiere, con due occhietti chiari e fissi e una barbetta folta e rossiccia) una sera così dunque, davanti a un piattaccio di stufato sifilitico, vino scadente e neanche un tocco di pane perché era addirittura finito o c'era stato uno sciopero, non ricordo, una sera autunnale come tante, io, a Rodriguez, presi a fare un discorsetto a un di presso di questo tenore: «Ma senti un po', Rodriguez, che diavolo vai cercando in una donna, nelle donne in generale? Non sarà che le idealizzi troppo? Credi che con una donna staresti meglio? Magari forse anche sì, il primo momento, il primissimo, quello del cosiddetto innamoramento, quando è tutto bello, ma dura poco, davvero poco, credi a me – e dopo è come prima, anzi è peggio. È uno scontro di solitudini, una mescolanza di cattivi umori, di cattivi odori. Dietro quegli occhi, quelle guance, quel bianco e vermiglio, quei lunghi capelli neri o biondi, lo sai cosa c'è, eh, lo sai?» e qui la mia voce si andava pian piano arrantolando, e cominciavo a spingere gli occhi fuori dalle orbite «lo sai che c'è? C'è uno schifo, un tanfo, un cesso, una carogna, una febbre quartana, un'estrema ingiuria e torto di natura, c'è il mestruo, c'è un'accozzaglia di liquidi putridi. La donna è un sepolcro che ti inganna con una bellezza speciosa. Ma pensa un po' cos'è una donna al mattino, quando si sveglia. Pensala senza trucco, cogli occhi cisposi, con la lingua impastata, magari ha fumato tutta la notte, ha il fiato d'una ciminiera, d'un altoforno. E pensala poi sopra la tazza del water che s'impesta e impesta l'aria, persino le cameriere (se ce le ha) scappano ridendo e tu magari stai facendo anticamera aspettandola da due ore» osservavo mio cugino, Diomio!, invece di sorprendere sul suo viso olivastro il disgusto, il ribrezzo, vedevo chiari segni di apprezzamento, di soddisfazione, quasi «e poi pensa alle cosiddette attrattive, di una donna, ai seni, che son come due tumori enormi, due ridicole borse gonfie, pensa alla figa, cos'è la figa se non un buco, un vuoto, un'assenza, un nulla; val davvero la pena occuparsene tanto? Io, dopo tanti anni che quasi non ricordo più quando fu la prima volta, io mi chiedo: ma che senso ha continuare sempre, stupidamente, a riempire di carne buchi di carne? Sempre la stessa cosa, sempre la stessissima cosa, e dopo, dopo che hai scaricato, che hai mescolato escrezione fetida con escrezione fetida, cosa resta? se non una tristezza infinita, specie all'alba, quando ti svegli con un'estranea al fianco nel tuo letto, e la luce debole illumina un corpo arreso, quattr'ossa in croce, una sacca di carne sconsacrata» ma possibile? Rodriguez era visibilmente eccitato dal mio ritratto a fosche tinte, più procedevo caricando i toni, più quello si scaldava, pervertito! depravato! Avrei dovuto prevederlo, con lui, quando si trattava di donne, le reazioni erano le più strane.

E da ultimo s'è cacciato in testa questa Lucy: donna pura, pura e santa, secondo lui. Sì, buona davvero! La migliore dell'anno! Per segnarsi i nomi degli uomini che ha avuto Lucy, bisognerebbe disporre di un grazioso volumetto delle dimensioni d'un elenco telefonico, e non di una città di provincia, ma di una megalopoli: quindi due o tre grossi tomi stampati fitti.

Quel poveraccio di mio cugino pensa che, siccome

non è bella (e in effetti bella non è, inoltre si concia come una troglodita, con in testa certi ferri acuminati, tribali proprio!), siccome non è quel che si dice una donna piacente, ma piuttosto la quintessenza della trivialità, dell'ordinario, lui, benedetto Rodriguez, pensa che sia casta, cioè che nessuno la voglia. Errore! L'ha detto anche il mio amico teorico, l'anonimo: le brutte son le più scatenate, devono convincere se stesse, e il mondo, che non sono da meno delle belle, e quindi... E quindi il libro delle conquiste della sullodata Lucy va, procedendo in ordine alfabetico, da Anselmo Suolavecchia a Beppe Lunghigna, a Bortolo Castagneri a Carlo Clerici, Dante Dal Pozzo eccetera. È stata poi anche con fior di studiosi come il Cesalpino, il Cardano, il Grevino, il Salio, il Pareo (il Pareo?), lo Schenkio, lo Zachia e anche con quel funesto Scillebeckio, il quale, se la rinomanza degli autori fosse in ragione del bene e del male prodotto dalle loro opere, dovrebbe essere uno dei più famosi, o il più famoso, com'è in realtà. Ma non basta. Lucy ha diviso il letto con certi omacci, autentici fuori legge, noti solo per soprannome, e cioè il Biondino, il Grignapoco, il Montanarolo, lo Squinternotto, il Tanabuso, il Tiradritto, tutti capibastone della zona tragedistana. Ma poi, non contenta, s'è data a delinquenti di fuori quali Er Caciotta, Er Riccetto, Er Riserva, Er Zagarolaro. Si vocifera addirittura che, oltre a fornicare con uomini di chiesa di svariati ordini, e persino anacoreti (cosa che riferisco senza poterla confermare), abbia preso parte a riti orgiastico-satanistici con demoni in carne e ossa i cui nomi al solo pronunciarli (Barbariccia, Draghignazzo, Graffiacane, Rabicante, Scarmiglione) facevano e fanno impallidir la gente.

Non so se sia una leggenda, ma pare che l'udito finissimo di Lucy sia in grado di distinguere i suoi innumerevoli amanti dal passo, anche in lontananza. Il passo frequente e minuto, come di bambino, preannuncia la visita dello Squinternotto. Il passo pesante e scandito quella del Riserva. Un'andatura metodica e regolare, da erudito, precede l'avvento dello Schenkio, o del Pareo (Pareo?). Mentre un infittirsi di colpi sul terreno simile a una sventagliata di mitra, unita a un rumore come di vento in una vela allentata, avvisa che sta arrivando... che sta arrivando... boh? questo non me lo ricordo più, chiederò al mio amico teorico... Il quale m'ha riferito che se Lucy per un motivo o per l'altro è costretta occasionalmente a rinunciare a un'avventura (succede talora pure a lei, che tuttavia non se ne lascerebbe scappare nemmeno una), si consola pensando che il dio dell'Amore (chiamiamolo così) non turba mai la gioia dei suoi adepti se non per prepararne loro una più certa e più grande.

Su questi bei fondamenti è costruita la vita di Lucy, che non solo non è bella, ma ha anche un alito, si dice, ma un alito! Eppure mio cugino ha perso la testa per lei. Tanto che un uomo infoiato non sa più quel che si faccia.

Galdìn

Omnia munda mundis. Lo ripeteva spesso. *Omnia munda mundis*. Era un ritornello ossessivo. *Omnia munda mundis*. Aveva sempre questa frasetta in bocca, Friar Laurence.

Che diavolo di lingua sarà stata? Mah, inglese direi, conoscendone l'anglomania.

(Quanto al diavolo, meglio lasciarlo dov'è, in effetti, che poi ci pensa ben lui a ficcare la coda dove non dovrebbe.)

Anglomane ma non inglese, il Friar Laurence. Potrebbe anche darsi che fosse veneto, come me. Noi cappuccini siamo come il mare che riceve acqua da tutte le parti, e la torna a distribuire a tutti i fiumi.

Si era fatto chiamare così, con quel nome esotico, per aver davanti a sé ogni giorno la sua colpa, diceva, per averla incorporata, ben addentro nella carne, spina nel fianco, supplizio, cilicio.

Il fatto è che, una sera lontana, c'era la finale di non so più quale coppa o campionato o torneo, lui era allo stadio, beninteso non era mica frate allora, e non era neanche uno stinco di santo né un malleolo di beato né niente di niente che avesse a che fare con la religione o col sacro.

Era un tifoso fanatico, un ultras, uno dei capi delle famigerate Brigate Verdazzurre, uno di quei facinorosi che vanno alla partita solo ed esclusivamente per menar le mani, per spaccare teste. E lui, quella sera funesta, le aveva menate in giro parecchio le mani, quelle sue manone pesanti, strette intorno a mazze di ferro più pesanti ancora.

Il piazzale davanti allo stadio era un campo di battaglia; c'erano feriti, anche gravi, rantolanti sul selciato; c'era il fumo acre dei lacrimogeni; c'erano carcasse di auto incendiate, di cassonetti, pure loro incendiati.

Da uno di questi relitti anneriti spuntò fuori di colpo, giusto davanti al Friar – che allora, ripeto, non era Friar ma uno dei più pericolosi Verdazzurri – gli si parò innanzi repentinamente, dunque, uno della fazione avversa.

Non certo, come si vocifera da anni a torto, uno delle Brigate Ciclamino, che anzi i Ciclamino erano zelanti alleati dei Verdazzurri; bensì uno, ma che dico uno, il capo, il Capo dei Capi degli Organized United Hooligans: faccia terribile, indimenticabile, che pareva mescolare i connotati di Nick Hornby, Tim Parks e Nosferatu.

Quello che oggi è il Friar lo riconobbe subito; non avevano mai scambiato una parola in vita loro, ma si odiavano di cuore: è uno dei tristi privilegi di questo mondo quello di odiare ed essere odiati, senza nemmeno conoscersi.

(Bella frase! Me l'ha detta un mio conoscente, peccato che non mi ricordo più come si chiami.)

«Spostati, pezzo di merda!» esordì l'hooligan.

«Spostati tu, stronzo semovente!» fece l'altro.

E sì che di spazio, là, ce n'era in abbondanza.

«Pezzo di merda sarai tu!»

«Tu invece sei uno stronzo paralitico!»

Non passò molto che i due presero ad azzuffarsi selvaggiamente.

Sulle prime l'hooligan sembrava aver la meglio, anche perché le manone dell'attuale Friar scivolavano di continuo sulla testa sudata del tutto glabra dell'altro, ma, proprio quando stava per soccombere, schiacciato senza scampo contro lo scheletro del cassonetto, estrasse di scatto, con la forza della disperazione, un pugnale damaschinato (dotazione ordinaria dei vertici Verdazzurri), disegnò fulmineo un bel paio di arabeschi sulla pancia dell'inglese, e lo trasformò in un mucchio d'inutile carne insanguinata.

Il resto è storia nota.

Si rifugiò in un convento, che poi era il nostro; avvertì il richiamo del Signore (i maligni specularono a lungo sulla singolare tempistica di quella vocazione, di mettimale ce n'è dappertutto); si fece frate: Friar Laurence, appunto, a perenne ricordo di quel teppista freddato, da lui, in un empito d'incontenibile furia paracalcistica.

Adesso non so se anche quel suo motto prediletto *omnia munda mundis*, citato a ogni piè sospinto, avesse o meno relazione con il triste episodio che gli cambiò la vita; so però che qualunque momento era buono per un tonante *omnia munda mundis* o per un suadente *omnia munda mundis*; e ne esistevano versioni flautate, sussurrate, sibilate, fischianti, cinguettanti: al punto che, non essendo mai nessuno riuscito a comprendere l'esatto significato della frase né la lingua (probabilmente inglese, come ho detto), contavano pressoché esclusivamente i toni.

Se si presentava in ritardo al convento, quando il sole era già andato sotto da un pezzo, infrazione piena alla Regola, e il Frate Guardiano era lì lì per esplodergli addosso un cazziatone coi fiocchi, voilà: *omnia munda mundis*, e svicolava sereno verso la sua celletta, lasciandolo interdetto, il povero Guardiano.

Se il Superiore gli significava l'ordine di partire immediatamente per una qualche destinazione lontana, lontanissima, al fine di tener là uno dei suoi strepitosi quaresimali (era pur bravo a predicare, nulla da dire), e lui rifiutava, contro il voto dell'obbedienza, facendo spallucce e adducendo pretesti risibili – quando il Superiore indignato stava per rifilargli una punizione adeguata, trac, esibiva sorridente un serafico *omnia munda mundis* e tutto tornava a posto.

Potenza delle parole sconosciute!

Eh sì: chissà quante altre volte ancora l'avrebbe sfangata con quella sua eterna formuletta misteriosa *omnia munda mundis* se non l'avessimo sorpreso, un afoso pomeriggio di luglio (mamma santa che estate fu quella!), nello stretto letticciuolo della sua celletta, avviticchiato a una ragazza nemmeno tanto carina e con in testa certe cose strane, però piuttosto compiacente, a giudicare da quello che gli stava facendo, al Friar, e il cui nome (il nome della ragazza, dico) mi pare, mi pare (eh, io per i nomi!) fosse proprio Lucy.

L'Anonimo

Stavo mangiando della robiola. È inesatto: mi stavo estasiando con un'eccellente robiola di Roccaverano che, a ogni piccolo morso, sprigionava aromi indimenticabili di yogurt e nocciole.

Mentre gustavo questa delizia, centellinandola a occhi semichiusi, li riapro un momento, gli occhi, e mi vedo davanti, ma da dove era spuntato?, un uomo di statura media, dall'età incerta, con un naso lungo lungo, la bocca affilata, il labbro inferiore un po' sporgente, il mento un po' sporgente, due occhi chiari tra l'azzurro e il grigio e un paio di basettoni enormi, a incorniciargli il viso magro.

«Oh, oh, parmi d'iscorger com'un resticciolo di raveggiolo sur una tafferia...»

«Come, scusi?»

«Raveggiolo, raveggiolo» continuava indicando con il dito la robiola sul tagliere.

«Ma, ma, è robiola, di Roccaverano, ottimo prodotto della provincia di Asti» ho specificato, eppure lui, imperterrito: «Aha, raveggiolo!» e poi ha aggiunto: «Ho inteso! È una sua refezioncella!»

«Cosa? È che avevo fame, e allora...»

«Perlappunto, perlappunto, Lei si stava refiziando con una merendola...»

«No, è che, avendo fame, come Le dicevo, stavo mangiando...»

«È bono?»

«*Buono* vorrà dire?»

«Bono, bono.»

«No, perché, veda, l'aggettivo *bono*, specie al femminile (*bona*), qua da noi, ha ormai assunto un inequivocabile significato erotico, sessuale, legato all'amore, insomma.»

«Eh eh, lasciam perder l'amore ché ve n'ha in circolo, facendo un calcolo moderato, seicento volte più di quello che sia necessario alla conservazione della nostra riverita specie, e io istimo opera imprudente l'andarlo fomentar colle parole.»

Ma come diavolo parlava, quel tipo lì?! Sembrava servirsi d'un idioma marziano. Oltretutto balbettava, anche se solo a tratti. Facevo una fatica bestiale a seguirlo. Perché, dopo le osservazioni sul formaggio, i convenevoli, le riverenze, i preamboli, i complimenti, e poi sospiri, sospensioni, proposizioni in aria, tergiversazioni, prese a raccontarmi una storia strana, parecchio arruffata. L'argomento principale, che, a quanto arguivo, doveva stargli molto a cuore, nonostante facesse mostra di un certo qual *understatement*, l'argomento principale era una sua, come diceva lui, *cantafavola* o *cantafera* o *tiritera*.

«Ma, scusi, non potrebbe essere un po' più esplicito? Cosa intende esattamente per *cantafavola*?»

«Si tratta di un romanzo, genere proscritto dalle nostre lettere; un *mio* romanzo.»

«Ooh, e ci voleva tanto! Un suo romanzo! Bene. E allora?»

A questo punto giù tutt'un'altra pappardella che non finiva mai, inframmezzata per giunta da petulanti richieste di precisazioni terminologiche, continue, ossessive, sul modello: «perché noi diciamo *me n'impipo*, e voi?» oppure: «perché noi diciamo *sguaraguatare*, e voi?» noi no; e ancora: «perché noi diciamo *a casaccio*, e voi?»; no: noi preferiamo di gran lunga *alla cazzo di cane*: ma questa non gliela dissi, la pensai soltanto.

Alla fine riuscii a mettere insieme il sugo dell'interminabile tirata e, nel preciso istante in cui la sua balbuzie stava dilagando in una pausa di silenzio eterno, infilai le mie conclusioni:

«Va bene, Lei vuole utilizzare il mio manoscritto per questo Suo, usiamo la parolaccia, *romanzo*. Faccia pure, a me basta che Lei ne mantenga lo spirito originario».

Sicuro, sicurissimo, non dubitassi minimamente. Come un testo sacro. Il mio manoscritto sarebbe stato oggetto d'un rispetto assoluto. Anche le virgole, i punti, i punti e virgola. Solo, qua e là, si capisce, laddove le esigenze della narrazione lo avessero reso necessario, i dovuti ammodernamenti. Ma poca roba.

E per fortuna che era *poca roba*!

Io, nel mio manoscritto, ero stato di una precisione maniacale, totale, per quel che riguarda i nomi. Nomi di persona e nomi di luogo. Non ne mancava nessuno. Anche l'ultimo comprimario così come il paesello più oscuro, buco del culo del mondo, tutti hanno diritto al loro nome, non hanno che quello; mantenere i nomi è un atto di giustizia.

E lui, invece, via! Piazza pulita! Tutto nel vago! Nell'inferno dell'indistinto!

Io, nel mio manoscritto, visto che aveva per argomento un matrimonio, per quanto contrastato, avevo avuto cura di delineare ben bene ogni fase: dai primi turbamenti, dai primi timidi sguardi e dal primo fuggevole bacio, passo dopo passo, fino ai fasti della carne, alle sue feste complete, santificate dalla regolarità dell'unione.

E anche lì, lui, omissioni su omissioni! O, se no, una nebbia di parole fumose.

Ora, va bene che ci avevo fatto il callo: amici amiconi amichetti semplici conoscenti, anche nemici, cani e porci insomma usavano impunemente mie idee, teorie, pensieri vari come fossero loro; sempre senza citarmi, menzionarmi, menzionare me, che di quelle idee teorie pensieri ero l'origine prima; va bene: ormai non mi faceva più né caldo né freddo veder riprodotte mie proprie parole, frasi, inconfondibili giri sintattici, predilezioni lessicali tipiche – e tutto regolarmente sotto l'etichetta *è di un mio amico*, *me l'ha detto un mio amico*, *so-*

no suggerimenti dell'amico-caro-anche-se-non-ne-ricordo-il-nome, ed ero, io, me, me stesso.

Va bene! Ma, fino ad allora, erano episodi, fatti isolati; adesso no, un intero romanzo! Quattrocento cartelle fitte, che mi erano costate una gran fatica, lacrime e sangue!

Allora gli ho chiesto, a questo signore con gli occhi chiari e i basettoni folti che mi pare si chiamasse, ma non son sicuro, Manzetti o Manzotti o qualcosa di simile, gli ho chiesto: « Ma almeno, in qualche punto del *Suo* romanzo, avrà il buon gusto di ricordarmi, di specificare che sono stato *io* la Sua fonte? »

« Tranquillo! » fece il Manzini. Ed è così che sono diventato, con tutti i crismi dell'ufficialità, per i secoli dei secoli, l'*Anonimo*.

Sotterranei I

Un fascio di luce improvvisa illumina un giovane corpo che si muove circospetto tra le buie colonne e i bui spazi polverosi di un sotterraneo: gli spazi, sottratti alla vista del giorno, di quel tetro edificio scolastico di cui ci siamo occupati ormai tante volte.

«Ah! Niente paura, è la Zacchi!»

«Zacchi, sei proprio tu? Avvicinati, dai. Siamo noi: Alastor, Bacigalupo e Vermicelli...»

«Parola d'ordine!»

«Protofisico Settala.»

«Bene.»

«Allora, ce l'hai la roba?»

«Certo.»

«E che edizione è?»

«La più completa!»

«Quella in cofanetto?»

«Quella.»

«Ma non era esaurita?»

«Uhei, Bacigalupo, ricordati che per Ileana Zacchi l'impossibile non esiste!»

«Ma c'è tutto? Anche il *Fermo e Lucia* e il testo interlineare con ventisettana e quarantana insieme?»

«C'è tutto. Tutto. Tranquilli.»

«Non è che magari ti hanno rifilato un'edizione commentata o, orrore!, con apparati didattici?»

«Non sono mica nata ieri! Un'edizione così gliela facevo mangiare!»

«Senti, ti dispiace mica se diamo una controllatina...»

«Prego, fate pure.»

«Passami il *Fermo e Lucia*, uhhhh, anche solo l'odore, l'odore di questa carta, di questi inchiostri, mi fa svenire... uhhhh... vediamo il tomo quarto... capitolo terzo... eccolo! La famosa digressione sulla *storia delle idee sbagliate*: una di quelle sciocche e funeste idee che un'epoca impone a se stessa come un giogo... e poi le età venture lo scuotono via da sé con sdegno...»

«Con *i*sdegno!»

«Sì, sì, isdegno.»

«Sono parole che dovremmo far leggere e imparare a memoria a quegli idioti di profi, con le loro stronzate psico-pedo-didattico-metodologiche! Che domani tutti se le scuoteranno via di dosso, con isdegno, e con uno stupore incredulo: com'è possibile che abbiano avuto così largo corso, idee simili?»

«Parole sante!»

«Datemi i *Promessi Sposi*, anche solo il primo capitolo: *le leggi diluviavano... e non servivano ad altro che ad attestare ampollosamente l'impotenza de' loro autori...* come oggi in Italia, dove ci sono centomila leggi, o centocinquantamila o duecentomila...»

«Non lo sa nessuno il numero esatto delle leggi in Italia...»

«Ma perché, il Tragedistan è forse diverso?»

«Macché: uguale, uguale! Due gocce d'acqua!»

«E sentite qua: *ognuna di queste piccole oligarchie aveva una sua forza speciale e propria...*»

«Piccole oligarchie, quanto a dire *caste*...»

«È l'Italia di oggi!»

«È il Tragedistan di oggi!»

«È l'Italia di sempre!»

«Il Tragedistan di sempre!»

«Con una società del genere, chiusa, spaventosamente conservatrice, eternamente bloccata, divisa in corporazioni...»

«In caste! In caste!»

«Con una società del genere non ci vengano poi a parlare di *scuola meritocratica* quei pirloni di profi!»

«Ma ve l'immaginate cosa succederebbe se in Italia, o nel Tragedistan, ci fosse realmente una scuola meritocratica? Ne verrebbero fuori generazioni di disadattati! Uno, a scuola, verrebbe abituato a credere che la cosa fondamentale è il merito, e poi, appena messo il naso fuori dalla scuola, si troverebbe a fare i conti con Tizio, sistemato subito perché è genero del pronipote del cognato del sottoviceassessore; con Caio, sistemato perché è il figlioccio del consuocero della trisavola del portaborse dell'assistente del segretario del coadiutore dell'usciere del sindaco – e con Sempronia, sistemata perché fa fior di pompini a non so chi... Quello là, quello che crede nel merito, perché l'hanno illuso a scuola, si spara nel giro di due mesi, dacché è uscito, da scuola...»

«Ah! Basta, basta, Vermicelli, pietà!»

«Va bene, ma guardate qui, sempre capitolo primo: *l'impunità era organizzata, e aveva radici che le gride non toccavano...*»

«Da non cambiare una virgola!»

«È troppo attuale!»

«Ed è solo il primo capitolo, quello di don Abbondio!»

«Che quei dementi di profi non hanno neanche menzionato nella loro patetica parodia attualizzante!»

«Come hanno potuto?!»

«Cosa ti aspetti da quella gente? Non vale la pena farsi il sangue amaro... Ma, andiamo avanti... vediamo un po'... ah! Ecco il capitolo sulla guerra del Monferrato! *... perché le guerre fatte senza una ragione sarebbero ingiuste*... e poi, e poi... ecco! *... la guerra. La quale, sia detto qui incidentalmente, dopo aver portato via, senza parlar dei soldati, un milione di persone... finì per riconoscerne tutti il nuovo duca, per escludere il quale la guerra era stata intrapresa...*»

«Che uomo, quel Manzoni!»

«Pagine come queste ci dicono che era veramente grande!»

«Un classico che non muore mai!»

«A proposito di classici, ma, sbaglio? o nella chiusa del capitolo ottavo, l'addio ai monti, c'è un'eco precisa dell'analogo addio a Lemno di Filottete, nel *Filottete* di Sofocle appunto?»

«No, no, non sbagli: e, se è per questo, io nelle pagine precedenti, del capitolo ottavo, ci sento puntuali allusioni al secondo dell'*Eneide*, che è del resto il libro dell'addio a Troia...»

«Eh sì, quei passettini di Menico...»

«Tanto simili ai passettini di Ascanio...»

«Bisognerebbe farlo presente a qualche prof dei meno peggio... discuterci un po' su queste cose...»

«Lascia perdere, Alastor, è fatica sprecata...»

«Comunque, Zacchi, i libri vanno bene. Quanti esemplari ce ne puoi procurare, di questi?»
«Un venti, venticinque...»
«Benissimo. A presto.»
«A presto.»

Ritorna il buio, nei sotterranei. E il silenzio.

Una lettera ufficiale

Egregio Signor Preside Kalforth,

Codesto Istituto si pregia d'informarLa a mezzo dello scrivente della circostanza che il testo da Lei fattoci pervenire, in seguito all'ultimazione della fase elaborativa e rielaborativa dello stesso nonché di quella pregressa di natura ideativo-propositiva, espletate entrambe dai competenti componenti afferenti alle dotazioni organiche e organiche aggiuntive nonché avventizie del personale insegnante rientrante nelle disponibilità del plesso scolastico di cui Lei è Dirigente, ha incontrato il pieno gradimento nostro nonché il plauso vivissimo esternato dalle commissioni e sottocommissioni incaricate dal GRUL ai fini d'un'attività d'implementazione focalizzata all'allargamento della contribuzione teorica e teorico-pratica delle iniziative correlate all'agglomerazione acronimicamente nota come SARPIAD, nel cui ambito, com'è altresì lampantemente notorio a Lei e agli ulteriori Organismi Dirigenziali coinvoltivi e affiliativi, ricade parimenti l'attività progettuale denominata acronimicamente GRAPRORISCLA.

Ai sensi d'un più incisivo espletamento del medesimo, codesto Istituto auspica che, mediante le necessarie e altresì già abbondantemente sperimentate sedute di carattere interlocutorio-preludiante, come di quelle di portata più macroscopicamente effettual-produttiva, si esplichino, sempre da parte delle risorse umane in precedenza impiegatevi e digià portate a menzione, ulteriori operatività esperienziali in tal senso, e precisamente, ove possibile, nelle aree disciplinari rientranti latamente nel lasso temporale indicato dal comune sentire come medievistico nonché in quello, più a ridosso cronologicamente della fase già espletata, comunemente suggerito dall'espressione composta di protoromantico-settecentesco.

Ai fini d'una perspicuità non ultimativa, bensì suggestivo-ipotetica, si allega una tabella indicativa di titoli eventualmente usufruibili.

Distinti saluti

per l'Istituto Sociopedopscicagogico
Transfrontaliero Occiduo Permanente
firma illeggibile

allegato A

Il Preside Kalforth, uomo rotto a tutte le asperità del linguaggio burocratico tragedistano e non solo, quando legge questa missiva, nel silenzio ovattato del suo studio, si allenta il nodo della cravatta a pois, si apre il colletto, si asciuga la fronte, e pensa: *distinti saluti*, questo l'ho capito bene, quanto al resto...

Dopo attente riletture e soprattutto con l'ausilio della preziosissima tabella dell'allegato A, comprende che l'Istituto Sociopedopsicagogico eccetera, il GRUL e tutti gli altri sono contenti del *Rodriguez*, ma gli propongono, o gl'impongono di riscrivere (meglio: far riscrivere) anche le *Ultime lettere di Jacopo Ortis* di Ugo Foscolo e la *Vita nuova* di Dante Alighieri.

I professori che conosciamo devono rimettersi al lavoro.

Il GRAPRORISCLA incombe.

L'ULTIMA, LUNGA LETTERA DI LORENZO ALDERANI

Cento volte me l'aveva ripetuto, il nonno; mille volte: Lorenzo, Lorenzo, chi è causa del suo mal pianga se stesso.

E in effetti ero stato io. Sì, ero stato proprio io a dirglielo, no, non a mio nonno, ma a lui, al mio amico. E cosa avevo mai detto al mio amico Jack Ramiro Ortiz?

Mah, niente di speciale, gli avevo detto: teniamoci in contatto.

Intendevo qualche mail, di tanto in tanto, giusto per sapere come andavano le cose, così, in generale.

Lui invece, Jack, aveva preso a sommergermi di mail, e non di poche righe soltanto, spesso si trattava di letteroni, a ogni ora del giorno e della notte.

Più che di un programma anti-spam, avrei avuto bisogno di un anti-Ortiz.

Mandarlo affanculo? Non potevo, primo: perché era un amico e gli amici non si scelgono, si subiscono; secondo perché era, non so bene come, imparentato con la Casa Reale di Spagna, e io a queste cose ho sempre dato un certo peso.

Tutto era cominciato così:

Il distacco del Tragedistan dalla nostra Madre Patria è consumato, Lorenzo mio. Il mio nome è nella lista di proscrizione, lo so...

Che diavolo era una lista di proscrizione?

Prostrazione... prostata... no, no, più indietro *prono... prosa...* ah! ecco: *proscrizione, lista di*: «elenco di persone proscritte», ne sapevo quanto prima; però, però: «significato estensivo: *bando, esilio*».

Insomma: un modo per toglierselo dai piedi, non avevano tutti i torti.

Quanto alla Madre Patria, andiamoci cauti con le parole. Secondo me, nella Madre Patria, ignoravano perfino dove fosse esattamente ubicato, il Tragedistan, e se gliel'avevano tolto, alla Madre Patria, non se n'erano nemmeno accorti, tanto gli importava!

Anzi, sempre secondo me, ce n'era più d'uno, laggiù nella Madre Patria, che in cuor suo si disse: «Se lo tengano pure, il Tragedistan!» e anche: «In fondo, ci hanno fatto un favore e, adesso, se lo godano loro!»

Dei tragedistani non si preoccupava nessuno; si sapeva ch'erano uomini di sughero, e gli uomini di sughero stanno sempre a galla.

Mi sono rifugiato qui in campagna, Lorenzo mio, e ho deliberato di non allontanarmi da questi colli.

Bene. Contento lui, contento anch'io.

Ma, subito dopo, m'inondò di missive di questo tenore:

Finalmente! Finalmente l'ho colto sul fatto e l'ho preso, come si meritava, ad archibugiate, il morchioso marmocchio, il lurido ladroncello che rubava le ciliegie dall'albero davanti casa, tagliando e scavezzando quello che non poteva rubare!

Ma gli ho impallinato per bene il sedere, a quel piccolo porco! Impari a rispettare la proprietà privata!

...

Un verme di villico pezzente ha osato farmi rimostranze perché io, io, capisci Lorenzo? stavo schiacciando un sonnellino sotto l'ulivo d'un suo fondo e, al dire del bifolco, gli *rovinavo l'erba*. Ma razza di scimunito! gli ho sbraitato contro, non ti capaciti ch'è un onore singolare ch'io ti reco quello di far dimorare temporaneamente sulla tua miserabile terra la mia augusta persona?! Io, la tua erbaccia, la nobilito! La nobilito! Afferri l'idea, servo della gleba?!

Quello mi ha guardato come istupidito, e non ha osato replicare verbo.

...

Oggi le ho cantate a un pastore, venuto qui per rapire dal nido i rosignoli: ma come ti permetti? Tu vuoi barattare il pianto, la desolazione, la morte di quei deboli innocenti uccelletti, in cambio di poche monete di rame vilissimo?!

E non tirarmi fuori i tuoi cinque figli! Vadano a zappare, come te!

...

S'io fossi pittore! Che ricca materia al mio pennello!

Ho durato un po' di fatica a giunger sin qui; ho attraversato alcuni campi di grano, le pannocchie crocchiavano sotto i miei piedi; ho calpestato verdure d'ogni tipo negli orti, inzaccherandomi suole e tomaie; ho abbattuto viti; ho schiantato rami di pesco, melo, pero e anche d'olmo cui si appoggiavano le viti di cui sopra; ma ne valeva la pena! Che vista meravigliosa si gode da qui!

Di sotto a me le coste del monte sono spaccate in burroni infecondi fra i quali si vedono offuscarsi le ombre della sera che a poco a poco s'innalzano; il fondo, vasto e orribile, sembra la bocca d'una voragine. Nella falda a sud c'è un bosco che sovrasta la valle dove pascolano pecore capre mucche bisonti e mufloni, e tutti questi armenti pascolanti belano muggiscono emettono suoni strazianti che paiono piangere il giorno che sta morendo. Nella zona a nord, per chi guarda, i colli sembrano dividersi e si apre all'occhio una pianura infinita; si distinguono nei campi vicini i buoi che tornano a casa, e i rozzi villani che li seguono, vestiti di stracci, laceri, logori, sbrindellati e, immagino, puzzolenti, zuppi di sudore e lezzo di letame.

Allora è gioco forza alzare gli occhi, per sottrarli alla vista di tante brutture, e lasciarli vagare, gli occhi, oltre quei filari di pioppi, verso l'orizzonte, dove tutto si minora e si confonde, le nuvole sono rosse, poi viola, poi indaco, poi sono solo un'ombra lievemente rilevata sull'altra, ombra, grande ombra della notte...

...

A proposito: stanotte ho folleggiato per gli arativi ululando, parevo un lupo mannaro. Alle tre e mezzo (di notte, eh) ho bussato alla porta d'un contadino, siccome non mi apriva, il morto di sonno, l'ho quasi sfondata, la porta, e allora lui mi ha aperto; così ho potuto chiedergli dell'acqua, perché, a forza di gridare a squarciagola, m'era appunto venuta una gran sete. L'acqua che m'ha fornito il rustico abitator de' campi non era niente buona, e nemmeno fresca. Puah!

...

E poi si lamentava, Jack, che gli indigeni non lo avessero in simpatia; oltretutto si esprimeva con loro in quel suo stile «antiquato-assoluto», come diceva lui, che usava talvolta anche con me nelle mail, e non c'era da stupirsi che quelli non lo capissero; del resto si sa che quasi tutti i problemi, a questo mondo, sono problemi di comunicazione.

Avrei voluto poi chiedergli, a Jack, se le cose stavano così, se aveva sempre da lagnarsi dei campagnoli, perché allora non ritirarsi in un posto di mare?

Vabbè che anche lì, sicuramente, avrebbe trovato il modo di attaccare briga: magari avrebbe finito col tagliare le reti ai pescatori, polemizzare coi bagnini, litigare con tutti i gestori di localetti lungo la spiaggia...

Jack era fatto così. Era sempre in lotta con tutto e tutti, era troppo aggressivo. A furia di prendersela con questo e con quello, di vivere sempre sopra le righe, i suoi nervi ne risentivano. Erano scossi, i suoi poveri nervi. Direi che aveva un esaurimento coi fiocchi, il cui sintomo più evidente erano crisi continue di pianto senza motivo.

Perché, se mi scriveva mail come:

ieri sono stato a visitare il sepolcro del poeta Tarassaco [una delle poche glorie poetiche tragedi-

> stane] e ci ho pianto; non varrebbe la pena di venire dall'America fin qui solo per gustare il piacere delle lagrime lo spazio di due minuti?

Oppure come:

> ho versato calde lagrime sulla bara delle mie speranze...

Se scriveva cose di questo genere, dunque, lo potevo anche capire (capivo meno quella sua mania di scrivere *lagrime* e non *lacrime*).

Ma quando m'informava che aveva: inondato di lagrime la lettera che mi aveva scritto (ogni tanto a forza di mail la posta elettronica s'inceppava e non ne voleva sapere di funzionare per giorni), inondato di lagrime la lettera che gli avevo scritto io; cosparso di lagrime la mano d'un conoscente che gli aveva fatto visita; e poi che, nel corso della notte, s'era svegliato di colpo, lui, Jack, per via di un irresistibile impulso a lagrimare e lagrimando svariate ore di fila aveva inzuppato il guanciale, le lenzuola, le coperte e la sovraccoperta, la camicia da notte, il tappetino accanto al letto... be', quando si verificavano lacrimazioni così, o meglio lagrimazioni, che dire? Che dire, se non che si trattava di un esaurimento bell'e buono?

A volte il parossismo delle *lagrime* conosceva delle punte tali che non mi fidavo quasi a credergli:

> Lorenzo mio, piango d'ira... piango di gioia... piango di riconoscenza... piango di rancore...

piango di felicità... piango di rabbia... piango di rimorso... piango di titubanza... piango di sospetto... piango soprappensiero...

Ho innaffiato di lagrime i gerani sul balcone...

Ho bevuto le mie lagrime... ho mangiato pane e lagrime... ho degustato vino e lagrime... ho assaporato chinotto e lagrime...

Dai miei occhi escono stille di lagrime, gocce di lagrime, ruscelli di lagrime, cascate di lagrime inarrestabili...

Espio le mie e le altrui lagrime... lagrime penitenti...

Pioggia di lagrime... lagrime che si mescolano alle lagrime...

Oggi ho incontrato casualmente il pronipote del poeta Tarassaco: abbiamo ricordato insieme quel grande e io ho bagnato di lagrime lui e lui ha bagnato di lagrime me... fiumi di lagrime con fiumi di lagrime... confluenze di lagrime, immissari ed emissari, di lagrime lagrime lagrime...

La sorgente delle lagrime è inesausta...

Jack era un forzato del pianto. Uno condannato alle *lagrime*, almeno in quel periodo.

Piangeva non solo all'ombra dei cipressi (cosa abbastanza comune) ma anche sotto un pino, sotto tigli, abeti, frassini, tassi barbassi, bagolari, sequoie...

E sotto un salice piangente che faceva? Ovvio: piangeva.

Per distrarlo almeno un po', per evitare che si mettesse su una brutta strada senza ritorno – e, onestamente, anche per rallentare quell'emorragia di mail grondanti lagrime, se non per fermarla del tutto – mi misi a parlargli, cioè a scrivergli, di donne.

Jack, con le donne, ci sapeva fare, nulla da dire.

Aveva avuto relazioni con valanghe di donne. E che donne! Si trattava generalmente di signore ben posizionate dai cognomi altisonanti: Isabella Rodokanakis Prizzibizzi, Antonietta Phagagnan am See, Quirina Mocenigo Moleschott, Maddalena Marliani Bignami Rasori, Kornelia Rossari di Lugo Martinitt Vacondio, Fulvietta Biscottini Belgioioso Dembrowsky, Marzia Provoloni Cesaresco Martinengo dalle Palle Nere in Campo Bianco...

Insomma, Jack aveva trescato coi più bei nomi dell'aristocrazia tragedistana. E quando io gli chiedevo: ma, Jack, son tutte sposate, queste donne dai cognomi doppi tripli quadrupli? Lui mi rispondeva: e allora? E a me non restava che snocciolare qualche disarmato: niente, niente...

Ora, ognuno può avere la vita privata che gli pare, lungi da me fare il moralista, e tanto meno con un amico come Jack, il fatto è però che lui, Jack, mandava a tutte la stessa lettera standard, questa:

> T'ho veduta, divina fanciulla: stavi miniando il tuo ritratto; sapessi anch'io miniare la tua celeste fisionomia, dipingere la melodia della tua voce, i

tuoi gesti incantati, tutto di te, senza cangiar nemmeno un punto, un minimo puntolino...

E t'ho riveduta: eri neglettamente vestita di bianco, suonavi l'arpa (varianti: il flauto, il violino, la viola da gamba, l'organo da centoventi canne); il tesoro delle tue chiome biondissime (o nere, castane, rosse, altri colori a scelta) era diffuso sulle spalle e il petto, che ansava mollemente; i tuoi occhi divini nuotavano nel piacere, mentre le tue dita di rosa arpeggiavano (o pizzicavano e/o sfioravano le corde, tappavano i buchi del flauto, picchiavano i tasti dell'organo eccetera) soavemente; in te, tutto era armonia divina, o rugiadosa creatura: sei nata per amare e per essere amata, ci son qua io per questo...

Ho scorto balenare le mammole tra le tue mammelle spiranti ambrosia e, mentr'eri graziosamente assopita, sotto questa mia mano diventata sacra, ho sentito battere il tuo cuore (il che, tradotto in soldoni, stava a significare che lui, Jack, le aveva dato una bella palpata alle tette, alla bella nobile di turno, dopo avergliele sbirciate per benino, o mangiate con gli occhi, a quella stessa, le tette)...

...

E chiamami romanzo (che, di questa lettera standard, era il finale standard).

Non c'è bisogno di dire che le destinatarie di tali missive deliranti, le varie signore Biscottini Dembrowsky o Martinengo dalle Palle, erano estasiate dalle parole di Jack, e da quel suo stile antiquato-assoluto. I guai nascevano quando due di queste donne, che di solito non avevano molto da fare, s'incontravano casualmente a qualche party, tè danzante, cena artistica; ne venivano fuori dialoghi di questo tenore:

«Eh, sì, Jack è proprio un caro amico...»

«Jack Ortiz?»

«Sì, lui...»

«Be', se è per questo, è anche un *mio* caro amico.»

«Jack scrive delle mail stupende, così poetiche...»

«Anche a me.»

«Jack, pensi, mi scrive che sono (malgrado i miei annetti) una *divina fanciulla...*»

«Toh! Che combinazione! Io pure, per lui, sono una *divina fanciulla.*»

«Ma io sono, sempre secondo Jack, *nata per amare e per essere amata...*»

«Come? Ma questa sono io: *nata per amare e per essere amata*!»

«Jack, a volte, è persino ardito: scorge le mammole tra le mie... le mie... mammelle.»

«Esattamente come con me, fissa le mammole tra le *mie* mammelle!»

«Sarà mica per caso dotata anche Lei di *celeste fisionomia*?»

«Come no?! Celeste, celeste!»

«Non mi dica che ha sorpreso anche Lei mentre suonava l'arpa?»

«Mi ha sorpresa sì, però io suonavo il flauto...»

«Soavemente?»

«Soavemente.»

«Questo signor Jack Ramiro Ortiz è proprio un farabutto!»

«Davvero!»
«E non è nemmeno bello!»
«Neanche un po'!»
«C'ha dei basettoni! Dei labbroni!»
«E poi è peloso come una scimmia!»
«Uno scimmione!»
«Un australopiteco!»

Ecco perché le relazioni di Jack con le femmine del gran mondo tragedistano duravano poco.

Una volta, una volta sola, in passato, s'era invaghito di una donna dal cognome singolo; si trattava d'un'artista straniera, thailandese credo, che si chiamava, mi pare: Rasdjarmrearnsook (il cognome, appunto) e di nome faceva Araya. Ma la storia non ebbe seguito.

Come si conciliassero poi tutte le lagrime di Jack con le sue innumerevoli avventure (oltre alle nobili e alle artiste ce n'erano ovviamente parecchie altre di cui ero a conoscenza benché non me ne parlasse, il Tragedistan è un posto piccolo) rimaneva un mistero; o lui, di tutte queste donne, non era mai soddisfatto fino in fondo; oppure Jack era uno che, come dicono a Napoli, *chiagne e fotte*.

Propendo per quest'ultima ipotesi.

Comunque, per toglierlo dalla corrente di lagrime, gli buttai un: «E là in campagna, a donne come stiamo?» Mi rispose subito:

> C'è una certa Teresa, detta Terry, una bella ragazza prosperosa del vicinato...

Appurai che non era sposata, né nobile; il suo cognome era dei più banali, da non meritare nemmeno d'esser menzionato. Manifestai a Jack tutto il mio entusiasmo: finalmente, Jack, una ragazza come si deve! Lui mi freddò subito:

> Guarda, caro Lorenzo, che c'è un altro. Un perfetto imbecille, il promesso sposo, tale Odoardo.

E ti pareva! Una volta che s'era imbattuto in una single, ecco che spuntava l'*altro*! Però, già un progresso: non più un marito, un semplice fidanzato ufficiale!

> *Mi permettano, signori, loro, oh loro che sanno! Loro che sanno come si tratta una donna (specie il signor Jack) mi aiutino! Mi consiglino! Mi diano una mano!*
>
> *Almeno Lei, signor Jack, Lei che ha flirtato con il fior fiore delle aristocratiche tragedistane, mi sia di guida! Mi accontenterei delle briciole cadute dalla sua tavola!*
>
> *Suo Rodriguez*

Quando ricevetti questa mail, volevo chiedere a Jack se per caso questo Rodriguez fosse un suo amico, ma lui mi aveva prevenuto:

> senti un po', Lorenzo, chi diavolo è 'sto Rodriguez?

Ma io ne sapevo quanto lui.

Anche allora la privacy era un miraggio. Chiunque si poteva intrufolare in uno scambio epistolare tra onesti cittadini. Jack non si curò più di tanto di questa intrusione, anche perché non faceva che sparlare di Odoardo:

> Guarda, Lorenzo, quello è uno, ma uno, uno che ha, come dire?, una faccia... no, non da schiaffi, ma una faccia, ecco: una faccia magistrale; e una voce, una voce... cattedratica, sì, la sua voce pare venire giù da una cattedra. E poi la mena tutto il giorno con la sua biblioteca *ricca e scelta, scelta e ricca*. Ma se gli chiedo: scusa Odoardo, ma ce l'hai la *Metacritica dell'Eros* di Gasparre Baldassarre? No, non ce l'ha. Ce l'hai il *Libro delle forme immaginali e della percezione immaginativa* di Shihaboddin Yahja Sohravardi? Macché, niente. Avrai almeno uno straccio di ristampa anastatica dell'*Hypnerotomachia Poliphili*? Figurarsi, mai sentita! La *Bibbia*, eh, quella ce l'hai o non ce l'hai nella tua biblioteca del cazzo?! E non ha neanche questa! Capisci, Lorenzo?!

Rimasi colpito. *Voce cattedratica*, *faccia magistrale* e poi una biblioteca drammaticamente sguarnita... Non sarà mai, mi dissi; vuoi vedere che, soggiunsi; alla fine glielo chiesi proprio a Jack: ma che mestiere fa 'sto Odoardo?

Professore, era un professore, di ruolo, o, come si diceva allora, col suo bravo contratto a tempo indeterminato: poteva fare danni a suo piacimento, mi rispose Jack in una mail *travolta da un'onda di piena, di lagrime*.

Suggerii la massima attenzione: con quella gente non si sapeva mai come poteva andare a finire. E poi girai il discorso sulla ragazza, su Terry.

> Oh Lorenzo, Lorenzo mio, l'ho veduta la divina fanciulla; stava miniando il suo ritratto; sapessi anch'io miniare la sua celeste fisionomia...

Insomma: aveva mandato anche a me la sua immancabile lettera standard. E poi, subito dopo, mi ritrovai tra la posta il seguente messaggio:

> *Vi prego signori, e soprattutto Lei, gentile Jack, siano così cortesi da fornirmi qualche indicazione in tema di corteggiamento, non chiedo altro; vedo che Lei, caro Jack, usa espressioni come* divina fanciulla*, come* celeste fisionomia*, allora gli stilnovismi funzionano ancora? Eh? Allora ha torto mio cugino Horacio?*
>
> *Suo Rodriguez*

Anche questa volta avrei desiderato saperne di più da Jack, ma lui mi aveva prevenuto:

> ma chi cazzo è questo rompicoglioni? Da dove spunta fuori? Rodriguez? Suo cugino Horacio?

Non potevo certo essere d'aiuto a Jack; e tra me e me, a proposito delle espressioni da lui usate, pensai: ma dov'è andato a finire lo stile antiquato-assoluto?

Altre volte invece aveva proprio lo stile iperlirico tipico degli innamorati:

> contemplo la campagna, caro Lorenzo, che notte serena e pacifica! Ecco la luna che sorge dietro i monti. O Luna, amica Luna, mandi tu forse sulla

faccia di Terry un patetico raggio simile a questo che diffondi sull'anima mia?

...

Spalanca le finestre, Lorenzo mio, e saluta in mio nome il cielo, i laghi, le pianure; saluta il sole; parlagli; digli così: o Sole, tutto cangia quaggiù! Verrà giorno che Dio ritirerà il suo sguardo da te, e tu pure sarai trasformato: né più le nubi corteggeranno i tuoi raggi cadenti, né più l'alba inghirlandata di celesti rose verrà ad annunziar che tu sorgi... tutto cangia, ma l'amor mio no, no che non cangia...

...

Oggi, Lorenzo, mi sono imbattuto per caso in un piccolo cimitero isolato, ritto sulla roccia insanguinata sopra i violenti toni d'indaco del mare, del mare d'erba che si spalanca al di sotto. È calmo e barbaro nell'ammassare splendori simil-cartaginesi, sepolcri ricchi e pacchiani, tiare di marmo nuovo, piccole tombe smangiate dal muschio e dal tempo. Nel sole immobile, fra gli ieratici cipressi di bronzo pesante che non tremano, i fiori guasti e le corone fradice esalano profumi opprimenti. Sulle case dei morti la mia ombra passa e si piega. Dove sono le loro frasi familiari? Dove sono gli occhi, i denti, le palpebre bagnate, il bel seno che gioca col fuoco? Dov'è il sangue ardente sulle labbra che si arrendono? Tutto va sotterra, e rientra in gioco, nel grande gioco...

Si sta levando il vento, questo vento pieno di spazio cosmico che m'incide la faccia, che mi porta, sulla faccia, il vuoto col soffio grigio dell'aria;

ma è lo stesso: bisogna tentare di vivere, vivere e amare, o mio Lorenzo...

Nonostante il tono fosse un po' troppo esaltato per i miei gusti, queste erano le mail di Jack che più mi piacevano e glielo dicevo, a Jack: così dovresti scrivere, Jack; macché, dei miei consigli se ne infischiava e continuava poi a inveire contro Odoardo: quello? un verme, un'anima negra, uno sciocco, un uomo basso e maligno, quando apre bocca son solo ciance e noia mortale, fa parte d'una ciurma melensa e cerimoniosa, è uno del popolone de' pigmei, è un erudito di frontespizi, e nemmeno, è uno che dei libri legge solo i dorsi, in libreria perdipiù, che è gratis...

Ma dai, Jack, in fondo è solo un povero professore; e, al solito, cercavo disperatamente di portare il discorso su Terry: su, descrivimela, Jack, com'è che non me ne parli mai? Non mi avevi detto che è prosperosa...

Certo, Lorenzo, Terry è una bella ragazza di seno colmo...

Vi scongiuro, aiutatemi, solo una parola, una mezza frase, è un uomo che sta per perdersi quello che si appella a voi con animo supplice: voi mi dovete *dire come si fa, come fate, come fa Lei, signor Jack...*

Vostro, disperato Rodriguez

A questa terza intromissione non resistetti (Jack era fuori di sé, oltre a tutto il resto, ci mancava solo il rompiscatole epistolare!) e mi rivolsi direttamente a questo portoghese della corrispondenza: ma Lei, Rodriguez, chi è? Che ci fa tra le nostre mail, di Jack e mie?

Mi raccontò, in una serie di lettere lagnose, tutta una lunga, penosa e confusa storia da cui non ricavai molto; se non che lui, il Rodriguez, era costretto da tempo immemorabile a un'insopportabile castità forzata, che le donne lo fuggivano, benché non fosse nemmeno brutto, anzi, eccetera eccetera.

Fui parecchio sbrigativo con lui. Noi, io e Jack, non c'entravamo nulla. La nostra era davvero un'altra storia.

Rodriguez, contrariamente alle aspettative, capì subito. M'inviò una breve mail: *Scusatemi, scusatemi proprio, ho sbagliato romanzo*; e non si fece più vivo.

Jack però, invece di soffermarsi sulle grazie di Terry, ne approfittò per scagliarsi ulteriormente contro Odoardo: sospettava infatti che il Rodriguez fosse un suo emissario, un agente provocatore da lui assoldato e così via delirando.

Era giunto il momento, per Jack, di cambiare aria. Glielo manifestai a chiare lettere: Jack, non sarebbe meglio fare un bel viaggetto?

A questa mia proposta Jack non fu per niente entusiasta:

> un viaggio? E a che serve? Lo sai che chi viaggia muta solo clima, non animo; che, dovunque vai, te la porti sempre appresso la tua animaccia piagata, la tua psiche in trappola? Viaggiare non serve a niente. A niente!

Ma poi, di lì a poco, partì. La coerenza non è mai stata il suo forte.

*

E così viaggiò. Conobbe la malinconia dei traghetti; i risvegli negli scompartimenti gelati; lo stordimento di scenari e rovine; l'amarezza delle conoscenze troncate; lo stupore per i treni in orario (rarissimo), l'assai più frequente e ormai pacifica rassegnazione per quelli in ritardo e/o soppressi; i lunghi bivacchi negli aeroporti, per via degli scioperi dei controllori di volo, dei piloti, delle hostess, degli steward, dei parenti solidali (di hostess e steward), degli addetti al catering, degli addetti al trasporto bagagli, degli addetti alle pulizie; a volte scioperavano anche i nastri trasportatori, le scale mobili, le porte automatiche...

Ovunque andasse, per quanto belli – sovrumanamente belli, persino dolorosamente belli – fossero i luoghi in cui si recava, non ne ricavò che un'unica, amara constatazione:

> Lorenzo mio, noi tragedistani siamo fuorusciti e stranieri dappertutto, non solo a casa nostra (che non è nemmeno nostra, poi); e, lontani appena dal territoriuccio dove viviamo, né ingegno, né fama, né illibati costumi ci fanno da scudo; siamo traditi da tutti, considerati barbari da tutti...

Mi raccontava dei vari incontri che andava facendo e uno, in particolare, mi colpì; mi colpì a fondo. La mail era datata da Pietra Ligure (Savona):

> In questo luogo alpestre, tra montagne orride dirupate – e il mare mugghiante selvaggio; strade

dissestate, linee ferroviarie interrotte, torrenti straripati.

Durante la sosta forzata ho conosciuto un giovane uomo che, confesso, non avrei mai voluto conoscere.

Se tu lo vedessi, caro Lorenzo! È alto alto e macilento; avrà sì e no trent'anni ma la bellezza, sul suo volto scavato coperto da una trama di fitte rughe, sopravvive solo come vago ricordo, eco tenuissima del passato.

I suoi vestiti sono laceri e consunti e bisunti, le scarpe bucate.

L'atroce descrizione mi fece balenare un sospetto su chi mai potesse essere, quest'uomo precocemente invecchiato.

E pensa, Lorenzo mio, che non viaggia mica solo, il giovane o ex giovane. Porta due bambine con sé, una per mano, minuscole e impaurite piccine dai grandi occhi terrorizzati; dietro viene una donna d'età indefinibile e di capigliatura rada, piegata dal peso del dolore, anche lei con due creaturine per mano, due maschietti piangenti – e un altro, più piccolo ancora, lui pure piangente, aggrappato al collo.

«Sono laureato da ormai dieci anni, e ho anche passato il concorso, anzi: diversi concorsi, svariate abilitazioni» così mi si è rivolto, con voce roca, questo padre di famiglia...

Il sospetto divenne qualcosa di più di un semplice sospetto, leggendo le parole riportate da Jack.

> «Sì, sono laureato in lettere classiche. Ma quante volte non ho maledetto e rimaledetto e stramaledetto ancora i miei poveri genitori per avermi indirizzato agli studi! Perché, perché non m'avete obbligato a fare l'idraulico o l'elettricista o l'elettrauto?!
>
> «E sento che, sotto la terra nera, i miei poveri morti rispondono con un lungo gemito soffocato pieno di disperazione.» Ecco, Lorenzo, come ha proseguito l'infelice che mi sta davanti.

Dio mio! Il sospetto si mutò in certezza: Jack s'era imbattuto, ahilui!, in un... in un... (oso scriverlo?) in un precario della scuola!

Triste destino! Lo sfortunato Jack fuggiva da Odoardo, che era sì insegnante, ma almeno di ruolo (o con contratto a tempo indeterminato, secondo la dizione ufficiale di allora) e finiva per incappare in un anonimo precario, un paria della scuola! e, per giunta, con moglie e figli a carico! Il colmo della sventura, per il precario e per Jack!

> «Quante giornate a stazionare nei provveditorati! Ma che dico provveditorati?! Sulle scale! Negli androni! Davanti a portoni chiusi! Fin dall'alba. E solo per mendicare uno straccio di supplenza che non arrivava mai. Magari anche solo per poter sbirciare una graduatoria che non si trovava nemmeno quella: pagine sbriciolate dall'avventarsi di tante e tante mani, mani febbrili di precari come me – compagni nel dolore, ma non fratelli: pronti a sbranarsi l'un l'altro per l'assegnazione d'una cattedra incompleta, di poche ore, in qualche

> scuoletta di montagna, in qualche remoto istituto d'altura... »
>
> E intanto i bambini con i loro strepiti disperati interrompevano il mesto racconto, mentre la moglie (del precario) aveva un inizio di crisi isterica e, lasciato cadere sul sofà il piccolo che portava al collo (con ulteriori e più strazianti strepiti), prendeva a strapparsi freneticamente i capelli...

Adesso non sto a riportare l'intero contenuto di quella mail da Pietra Ligure, mail rigurgitante delle lagne del precario sulla sua vita da precario e di Jack sul precario; mi basterà stralciarne il finale, abbastanza in linea, del resto, con lo stile di Jack:

> e io e lui ci siamo abbracciati e abbiamo unito le nostre lagrime.

Esattamente in quel periodo, inoltre, Jack andava sempre più soggetto a ricadute in quel suo insopportabile stile antiquato-assoluto; non solo s'infoltivano gli arcaismi sintattici, per esempio le prime persone in *–a* degli imperfetti: *io vedeva*, *io scriveva*, *io faceva* che, quando dimenticava di esplicitare il soggetto, cosa che gli capitava spesso, rendevano piuttosto ardua la comprensione; nel senso che non si capiva *chi* scriveva, vedeva, faceva, se lui o un altro (il precario?).

E andavano aumentando di pari passo anche gli strafalcioni veri e propri: *diriggi*, *innoltra*, *stammatina* (influenzato, quest'ultimo, dal suo prolungato soggiorno romano); per non parlare di forme francamente scombinate quali *ci allestirono il da-pranzo* o *tu maneggi a tutto potere* o anche *un fremito rumoreggia cupamente per entro a' mie' visceri* (e qui io non sapevo davvero che pensare, o lo sapevo fin troppo).

Che dipendesse, tutto ciò, dalla frequentazione assidua del precario? Chi può escluderlo?

Né si può dire, adesso, che la marea di mail (da parte di Jack) si stia arrestando o, magari!, ritirando. Jack Ramiro Ortiz continua a scrivere. Implacabile. Ogni pretesto è buono. Per rovesciarmi addosso tonnellate di missive trasudanti lagrime.

Questo è il mio ruolo: sono il destinatario di uno sfaccendato disperato.

Ma, di me, chi si preoccupa?

Chi si prende cura, di me?

Chi testimonia per il testimone?

Sono, senza esagerazione, sull'orlo del suicidio. E anche questa mia lettera è, come quelle di Jack, troppo lunga. Sarebbe, troppo lunga, se non fosse l'ultima.

Ma: a chi la spedisco?

Lavori in corso III

«Non vi pare, colleghi, che manchi qualcosa, in questi nostri testi? Che manchi qualcuno?»

«Cioè?»

«Voglio dire: dove sono gli alunni? Non dovremmo metterceli, in qualche modo? Inserirli nelle nostre riscritture, dato che, dopotutto, sono pur loro i destinatari di quello che andiamo scrivendo...»

«Uhei, Toboso, sarai mica uno di quegli illusi che pensano che la scuola sia fatta per gli studenti?»

«Ragazzi» interviene Perkollha, «bisogna andarci cauti a menzionare le alunne (specie le minorenni) in queste nostre storie piccanti e sessualmente esplicite; sapete bene tutti che la stampa non aspetta altro: per i giornalisti l'unico professore degno d'attenzione, quello che fa notizia, è il professore-porcello, il maniaco, il porno-didatta, oppure la professoressa-maliarda che seduce gli ignari pivellini e, come scrivono loro, li inizia ai misteri del sesso...»

«Misteri...?»

«Scusami se t'interrompo, Sacer, ma Toboso ha ragione: non si parla sempre di *centralità dello studente* in tutti i manuali di didattica, ai corsi d'aggiornamento, nelle conferenze degli esperti...?»

«E tu ci credi? Non l'hai ancora capito che si dice *centralità dello studente* ma in realtà si deve intendere *centralità del consulente didattico* e/o *centralità dell'esperto sociopsicopedometodologo*... E, soprattutto, centralità delle loro ben remunerate chiacchiere senza fondamento se non in se stesse, autoreferenzialità pura, altro che centralità dello studente! Quelli, i cosiddetti esperti, se vedono uno studente vero, vivo, in carne e ossa, che magari gli risponde, e li manda a cagare, come meritano, si spaventano e, per l'appunto, se la fanno sotto; quelli fanno solo simulazioni con manichini... »

« Non essere volgare, Baha! »

« Scusatemi, ma quando sento parlare di consulenti e metodologi, mi viene sempre in mente mio bisnonno... »

« E che c'entra adesso tuo bisnonno! »

« Lasciami finire, Trifena. Mio bisnonno, che aveva combattuto nella Grande Guerra, mi raccontava che, a guerra finita, era tutto un fiorire di 'Giornate': Giornate per i Feriti, Giornate per i Mutilati, Giornate per i Grandi Invalidi, Giornate per i Bersaglieri e per le Biciclette dei Bersaglieri, ma, più di ogni altra cosa, Giornate per gli Organizzatori di Giornate. Chiaro? »

« Chiarissimo. »

« Vabbè, e tu con questo vorresti convincerci che il *mastery learning*, il *problem solving* e il *problem raising*, la docimologia e la pedagogia e la didattica in genere non servono a nulla? »

« Tu lo dici, Trifena. »

« Sì, lo dico io. Ma tu, uno straccio di motivazione, per le tue affermazioni così recise, ce l'hai o non ce l'hai? »

« È abbastanza semplice: ogni classe è un problema didattico a sé; anzi: ogni alunno; e quindi, di tutte quelle ricette vaghissime, aeree, evanescenti propinate dagli esperti, che ce ne facciamo?»

«Come? Vuoi andare a naso, senza un principio? Senza obiettivi? Senza funzioni? Senza linee-guida?»

«No. Ma lo sai qual è il mio principio?»

«Sentiamo.»

«*Rem tene, verba sequentur...*»

«Che significa» irrompe irrichiesto il vocione di Pomponia Grecina «*possiedi a fondo l'argomento, le parole verranno da sé* ed è famosissimo detto di Catone, il Censore, mica l'Uticense, *ad Marcum filium*, cioè a suo figlio Marco, e anche Orazio scrive qualcosa di simile nell'*Ars Poetica*, là dove dice *verbaque provisam rem non invita sequentur*, ossia *le parole seguiranno spontanee a un argomento ben meditato*, e anche Ovidio, all'innamorato che vuol conquistare la sua bella, consiglia solo *fac tantum cupias, sponte disertus eris*: *basta che la desideri, saprai da te cosa dirle*, e anche...»

«Brava Pomponia! Però fermati, per favore! Sei troppo erudita!»

Sul cappellino di feltro verde la piumetta sembra fremere di soddisfazione.

«È una questione di amore!» grida Tobosc. «Amore per il sapere! Amore per la parola! Filosofia! Filologia!»

«Amore! Amore!» urla Perkollha.

E si capisce che, di studenti, nelle loro riscritture, non vi sarà traccia.

MI CHIAMAVA BEATRICE

Avete mai provato a pregare mentre uno vi guarda? Avete mai provato a concentrarvi nella preghiera, nei pensieri più puri, nell'elevazione del vostro cuore a Dio, mentre un uomo vi guarda? E vi guarda sempre e vi guarda ancora e vi fissa proprio con due occhi da matto?

Diciamolo francamente: pregare diventa pressoché impossibile. Una pensa: ma che vuole quello là da me? Che ha da fissarmi così?

Ho per caso qualcosa fuori posto? La camicia magari non sta bene con la gonna? Ho il cartellino del prezzo ancora attaccato? Sono macchiata? Sporca? C'è un buco nelle calze? Uno strappo? Una voragine?

Vuoi vedere che mi son messa una scarpa nera e una marrone? Una col tacco e l'altra senza?

Se poi il fatto non è casuale, non capita una volta ogni tanto, ma si ripete di domenica in domenica, a ogni messa, e poi anche nei giorni feriali, a ogni funzione, rosario, novena; e voi non potete addirittura metter piede neanche un minuto in chiesa, neanche per una preghierina di pochi istanti, neanche per un pensierino a un santo minore, a un beato marginale, a un caro defunto – che lui, quello là che vi pianta contro i suoi occhi ardenti da pazzo, il guardone mistico, zac, spunta da dietro una colonna, da sotto il pulpito, tra gli stalli del coro, oltre il transetto...

E che fa? Vi scruta come se voi foste una marziana, come se non avesse mai visto una donna in vita sua, neanche dipinta, neanche in foto.

Io, lo dico subito, dapprima ho perfino pensato di lasciar perdere messe e avemarie e diventar atea o, a scelta, cambiar religione.

Mi seguirà anche in sinagoga, quel babbeo? Lascerà le scarpe fuori della moschea anche lui?

Ma poi mi son detta: scherziamo? Un idiota simile avrà tanto potere su di me che mi costringerà a lasciare quest'oasi di pace interiore? Questi pochi attimi in cui posso stare tranquilla con me stessa? Perché, in tutta sincerità, per me la religione è essenzialmente questo: momenti in cui finalmente incontro me stessa, e solo me stessa, senza render conto a nessuno, fuori che a Dio, della mia vita, delle mie azioni, dell'intero mio essere. E, lasciatemelo dire, mi pare che Dio, sì, proprio lui, Lui in persona, mi capisca più di tutti, più di mio marito (be', non ci vuole molto), più dei miei figli, più di tutte le mie amiche messe insieme, che pur mi son care, tanto care.

Ma devo dire: tutto questo, questa pace infinita, non esiste più, da quando quest'imbecille dallo sguardo di fuoco s'è ficcato in testa di tampinarmi in ogni chiesa, basilica, cattedrale, santuario e cappella in cui riesco a intrufolarmi, sperando che non ci sia lui lì, e trovandomelo invece sempre, sempre a contatto di sguardo.

Sulle prime ho deciso d'ignorarlo. Cercavo disperatamente di fare come se non ci fosse, come se non esistesse.

Non c'è, mi dicevo. Oggi non è venuto. Sono sola. Sola con me stessa. Sola con Dio e con i miei pensieri. Finalmente in pace.

Chiudevo gli occhi. Li riaprivo.

E lui era lì. Mi fissava. Con i suoi soliti occhi invasati.

Allora, un giorno, l'ho proprio voluto affrontare.

Mi son detta: ecco, adesso vado là, da lui, cerco di essere carina, no, carina è troppo, ma almeno diplomatica, educata, questo sì; cerco di usare tatto, buone maniere.

Per cominciare gli darò del lei.

Senta, Lei, signore, gli dirò, non per essere indiscreta, ma, mi pare, mi sembra, ho come l'impressione, per quanto vaga, che Lei, come dire, che Lei da qualche tempo mi guardi, ecco, che Lei si stia interessando a me.

O sbaglio? Mi dica Lei se sbaglio.

E invece, appena l'ho avuto davanti, quel ceffo coi due occhioni e il nasone grifagno (perché non so se l'ho detto, ma tra gli occhi da pazzo aveva un naso, ma un naso, che di simili ne ho visti pochi in vita mia), appena me lo son trovato così, faccia a faccia, l'ho apostrofato con voce brusca: senti bello, è da un po' che mi stai alle calcagna; non posso entrare in una chiesa qualunque a dir due preghiere che ci sei subito anche tu, tu col tuo naso e coi tuoi occhi; soprattutto coi tuoi occhi, che mi fissano sempre che mi fissano ancora; si può sapere che vuoi da me, bello mio (si fa per dire)? Eh? Me lo dici subito o facciamo notte?

E lui: sono Dante. Sono un poeta.

E io: e allora?

E lui: t'ho vista la prima volta nove anni fa. Eri vestita di rosso.

E io: hai una gran memoria, ma con questo?

E proprio a questo punto, lui, Dante, ha attaccato tutta una solfa, una tiritera di chiacchiere filate, di discorsi senza capo né coda che non finiva più.

E prima sussurrava con una voce fioca fioca, come di uno che se ne sia stato almeno un anno senza parlare, e poi più forte, via via più forte, che, alla fine, gridava e io mi vergognavo non poco, perché lì, nella navata destra del duomo dove eravamo, ci guardavano tutti.

Sì, nove anni fa l'avevo salutato, aveva preso a mormorare. Quel mio saluto l'aveva sconvolto. Ero vestita di rosso, già me l'aveva detto, come un cardinale o un pompiere o un cameriere del California Inn.

Poi di notte, la notte stessa, mi aveva rivisto in sogno. Ma, nel sogno, non ero più vestita di rosso. Ero vestita di bianco. Bianchissima, così ero, nel suo sogno. Candida come una colomba, come un orso polare, come i denti lavati col dentifricio « Splendadent ».

E nel sogno io avevo qualcosa in mano, qualcosa

ch'era rosso, rosso vivo, rosso fuoco, rosso come la veste d'un cardinale: il cuore, il suo cuore, il cuore di Dante.

Sì, io tenevo nelle mie mani il suo cuore, e poi, gnam, me lo mangiavo avidamente. (Io, che odio la carne, figurarsi le frattaglie!)

E poi lui, Dante, lui lo sapeva che io ero un angelo.

Un angelo? Io? Ma se gli avevo appena mangiato il cuore? (Evidentemente, per lui, ero un angelo cannibale.)

Sì, gridava ormai, io ero un angelo, un angelo venuto giù dal cielo sulla terra a mostrare miracoli; sì, sì: lui le ali me le aveva viste proprio; spuntavano bianche e azzurre e mandavano riflessi iridati; le mie fragili scapole erano portatrici d'ali, proprio così, urlava, e con queste ali (che vedeva solo lui con quei suoi occhi folli) io lo portavo su, a lui, lo portavo su nel cielo da cui venivo, su, su, sempre più su, tra le nuvole, in mezzo ai cirri e ai nembo-strati; io, con le mie ali biancazzurre, ero la sola sua via di fuga dal mondo; ero la sua salvezza; ero la scala a Dio, io, per lui, per lui solo.

Io lo rendevo felice. Lo rendevo beato. Io ero Beatrice, dato che il nome è una conseguenza delle cose e non viene mai messo a caso. Così mi diceva. Mi gridava.

Ma io mica mi chiamo Beatrice, gli ho detto. IO MI CHIAMO GINA.

*

No, no, ha subito replicato lui, tu sei Beatrice. La mia Beatrice. E lo sei sempre stata. E per sempre lo sarai.

Come Beatrice? – ho tentato di controreplicare – se i miei genitori mi hanno messo nome Gina, io sono Gina. Che storie son queste? Immagina un po' tu, tu che ti chiami Dante, perché tuo padre e tua madre ti hanno messo nome Dante, immagina se io, di punto in bianco, mi metto a chiamarti Eriprando o Astolfo o Arcangelandrea, eh, ti piacerebbe?

E lui: chiamami come vuoi, Beatrice.

E dagli: io sono Gina. GINA.

Per qualche giorno, dopo l'incontro nella navata destra del duomo, non s'è più fatto vivo, il poeta Dante, né in chiesa né da altre parti.

Vuoi vedere che son riuscita a liberarmene? mi son detta; vuoi vedere che era solo tutta una questione di nomi? Magari se gli dicevo: no, Beatrice non sono, però mi chiamo, che so, Ginevra o Isadora o Selvaggia o Araucaria, lui, sicuro, sarebbe tornato alla carica: affascinato dal suono di questi nomi poetici, insoliti. Invece, avendogli detto il mio nome vero, Gina, così breve, così prosaico e banale, lui, di colpo, s'è smontato; per un po' avrà fatto ancora finta di credermi Beatrice, ma poi non ha retto. È difficile nutrire sentimenti poetici per una Gina qualsiasi o per una Giuseppa o una Tullia. Sì, dev'esser andata così. Il poetastro non ha sopportato la piatta realtà. La piatta realtà d'un nome. Il mio.

Nove giorni dopo esatti, non uno di più non uno di meno, quando mi stavo proprio godendo la ritrovata libertà, libertà da quegli occhi puntati addosso, e da quel nasone in mezzo a quegli occhi, e da tutto il resto dell'insignificante persona del Dante, pseudopoeta tutt'occhi e naso, ecco che me lo ritrovo tra i piedi, e dico tra i piedi per non dir di peggio.

Questa volta non in chiesa almeno. Per strada invece. Mi ferma in mezzo alla strada e mi dà una busta e, se non altro, scompare subito dietro il primo angolo.

A casa apro la busta e ci trovo tre poesie: una cominciava con il verso «Tutti i miei pensieri parlano d'amore», l'altra con il verso «Amore e il cuor gentile sono una cosa» e la terza «Negli occhi porta la mia donna amore». Come si sarà capito erano tutt'e tre poesie d'amore. Oltre a questo non è che si capisse molto altro.

Il giorno seguente e tutti gli altri che il buon Dio mandava in terra, ovunque mi trovassi, al bar, al mercato, a passeggio con le amiche, il Dante mi blocca, non mi dice una parola, mi guarda fuggevolmente e mi molla la solita busta in mano con le solite tre poesie. Sempre d'amore. A casa non sapevo più dove metterle.

A parte il resto, se me le trova mio marito son guai, e guai seri.

*

Lo spaccio di poesie durava già da nove giorni, quando, improvvisamente com'era iniziato, smette.

Ma, dopo altri nove giorni, nove giorni durante i quali di lui, del poeta Dante, non avevo avuto più notizia, ecco che, un giorno sì e un giorno no, mi arrivano a casa tre lettere alla volta, tutte con una grossa D vermiglia indicata come mittente.

A mio marito dico che sono lettere di quella pazza di zia Dorotea, però non so se lo convinco.

Che c'era nelle lettere? Chilometriche spiegazioni delle poesie precedentemente consegnatemi. Dante mi spiegava tutto, ma proprio tutto di quelle sue poesie d'amore. Anche le virgole e i due punti e i punti e virgola.

In pratica, un bel modo di darmi della scema.

O, detto altrimenti, un'implicita autocritica: aveva capito anche lui che, quanto a chiarezza, i suoi testi lasciavano parecchio a desiderare.

In effetti, però, il succo di tutte le poesie e di tutte le spiegazioni delle poesie, a ben guardare, era che io ero un angelo, che io ero Beatrice e che lui mi amava.

E perché allora usare tutta quella gran massa di parole per dire una cosa così semplice? Non bastava un banale: ti amo?

Valli a capire 'sti poeti!

In una di queste poesie c'era poi scritto che l'amore deve essere per forza ricambiato, che, insomma, se uno ama, prima o poi viene riamato. Ma naturalmente non era detto nel modo chiaro in cui lo dico io adesso. Era tutta una serie di verbi che reggevano altri verbi da cui dipendevano altri verbi: e se io credessi che tu credessi che lui credeva che l'amor riamato riamando eccetera.

(Per inciso: Dante, sia nelle sue poesie sia nelle spiegazioni, cercava sempre la via più difficile; ad esempio, se doveva dire «è notte», mica diceva così: «è notte»; no, diceva: «è l'ora nella quale il pianeta Venere si alza all'orizzonte formando un angolo di diciotto gradi e ventisei virgola cinque e la costellazione della Lira intanto si trova tra la stella alfa ventidue e la stella beta quarantaquattro».)

Io, in questo ginepraio di versi astrusi e ancor più astruse spiegazioni, cercavo la sostanza. E la sostanza, lo ripeto, era che lui, il Dante, mi amava alla follia. Che non poteva stare senza di me. Che con me, lui, era come se fosse in paradiso. Anzi in paradiso c'era proprio. Gli bastava vedermi.

Non sono neanche poi così malaccio, quindi, mi son detta. E alla mia età!

Insomma, non nego che, finita la seccatura degli sguardi implacabili in chiesa, cominciavo pian piano a prenderci gusto.

Quel Dante sapeva come far sentire importante una donna! Perciò quando lo incrociavo per strada gli regalavo gran sorrisi e lo salutavo con dei sonori «salve, Dante»!

*

Pensavo di fargli piacere. Effettivamente dopo questi saluti cordiali mi è arrivata a casa una letterona in cui mi esponeva tutto un ragionamento sul saluto, sul mio saluto che in realtà era salute, ma non la salute fisica, bensì salvezza morale e spirituale. Salutandolo io lo salvavo.

Ma da che lo salvavo? Questo non lo diceva.

Comunque mi facevano piacere anche queste, chiamiamole così, delucidazioni sul saluto.

Avrei quasi quasi voluto manifestargli questo mio gradimento, ma mi sono trattenuta.

Sicuramente mi avrebbe risposto che il mio piacere era anche il suo, piacere, ma non un piacere fisico o fisiologico e che, piacendogli il mio piacergli, gli sarebbe piaciuto che mi piacesse che gli piacessi...

Per farla breve, non gli ho detto né scritto niente, ma ho solo raddoppiato i sorrisi a ogni fugace incontro.

Stavo proprio cominciando a divertirmi. Era come un gioco, un gioco di sguardi, di sorrisi, di poesie e lettere sulle poesie. E io ci stavo a questo gioco. Godevo un mondo a essere avvolta da questo velo di parole dal suono dolcissimo, e dal senso oscuro. Mi ci perdevo quasi – quando, all'improvviso, vengo a sapere che c'è un'altra.

Dante, mi dice una mia carissima amica, sta tampinando a tutto spiano un'altra: si apposta in chiesa e la fissa per ore senza tregua, l'aspetta davanti alla porta di casa, le manda una valanga di poesie e poesiole e poemetti, completi di accurate note al testo.

Possibile?

Ma non ero l'unica, io, la sua Beatrice? Chi è questa sgallettata? Come si permette?

Le voci girano, specie se sono negative. La mia amica Fiorenza viene a sapere dalla cognata della zia della sorella della parrucchiera Ada che l'altra, quest'altra di Dante, si chiama Giovanna.

Non solo: la mia amica Fiorenza viene a sapere anche che Dante chiama questa Giovanna con un soprannome strano, qualcosa come « donna dello sterno » o « dello scherno » o « dello schermo ».

Che sia una diva del cinema? Si sa che le attrici sono tutte... be', non fatemelo dire cosa sono le attrici, tutte... donne dello schermo, sì!

Il primo giorno che incrocio Dante per strada, lo blocco, mi avvento contro di lui e gli grido: Ohe, Dante, chi diavolo è 'sta donna dello sterno? O dello scherno o dello schermo? Me lo vuoi dire, sì o no?

E lui a me: Oh Beatrice, luce dei miei occhi, luce che vien dal sereno che non s'offusca mai, occhi color di cielo, dolce colore d'oriental zaffiro, fiume di fulgore...

Poche ciance – ruggisco – chi è quella là? Sta Giovanna dello schermo?

E lui: Oh Beatrice, il mondo, tu lo sai, è pieno d'invidiosi, invidiosi e cattivi, quindi io non posso dire a tutti che amo te, solo te, unicamente te, mia unicissima Beatrice, devo far finta che ci sia quest'altra, quest'insignificante Giovanna, una che per me non conta realmente nulla, nulla di nulla, meno di nulla, una ch'è polvere e cenere, tenebra e sabbia, ma, dietro di lei, dietro il suo nome opaco, io mi nascondo, io mi celo agli sguardi del popolo nemico, e solo per poter continuare indisturbato ad amare te, solo te, sola beatitudine mia, mia beata solitudine amorosa, Beatrice, Beatrice, Beatrice...

L'ho interrotto (a fatica) intimandogli di piantarla con il belato.

E poi ho aggiunto: va bene, ti credo, per questa volta. Ma ti metterò alla prova, ricordalo!

E qui Dante s'è sciolto in lacrime e mi ha preso la mano e l'ha baciata e ribaciata, bagnandomela, oltre che di lacrime, anche di parecchia saliva.

Ero commossa come una scema.

Sono sempre stata un'ingenuona. Gina l'ingenua, così ero nota tra le mie compagne di classe.

Non erano passati che pochi giorni dal lacrimoso incontro con Dante, che, sempre tramite Fiorenza, che l'aveva saputo dalla suocera della nipote d'una biscugina, vengo a conoscenza di un fatto nuovo: oltre a Giovanna c'è anche Pia, la donna dello schermo numero due.

Ma non basta: c'è pure Luna, donna dello schermo numero tre.

E Lara e Clara, gemelle e donne dello schermo numero quattro e cinque, nell'ordine.

Le donne dello schermo spuntavano come funghi.

La città ne era piena.

Infame d'un Dante! Ho smesso subito di salutarlo.

Se lo vedevo da lontano, cambiavo strada. Se mi passava davanti, mi giravo dall'altra parte.

E lui, come se non fosse solo colpa sua, e delle sue centocinquanta donne dello schermo, giù a lamentarsi di me a destra e a manca, con amici amiche e conoscenti, che io, dura di cuore, donna di pietra, io, tigre e spietata leonessa, io gli nego il saluto: ma perché? ma come mai?

Già, come mai? In fondo cosa sono centocinquanta altre donne (dello schermo) con le quali piantarmi in testa un folto bosco di corna?

Ma Beatrice, ha avuto il coraggio di scrivermi, mia sola e cara Beatrice, è amore platonico, lo sai, e allora perché prendersela? Come puoi parlare di corna? Perché vuoi abbassare il nostro amore così puro, così nobile e sublime alle volgarità dell'esistenza quotidiana, borghese? Corna, tradimenti, relazioni nascoste – son tutte cose che non ci riguardano.

*

Come non ci riguardano? E tutte quelle donne dello schermo in serie?

Ma è una finzione letteraria, una convenzione lirica, un arabesco di formule superficiali – la sostanza, la realtà ultima sei tu, Beatrice mia, solo tu, tu sola.

Era pur bravo a incantarmi. E io ci son caduta ancora una volta.

Ho ripreso il solito tran tran di saluti e sorrisi e sorrisi e saluti.

Lui, con rinnovato entusiasmo, è arrivato a scrivermi che aveva avuto una visione. Una mirabile visione. Nella quale visione aveva visto coi suoi propri occhi... aveva visto cose, ma cose, ah che cose aveva visto in quella sua visione, cose, ma cose...

Ma cos'aveva visto? Boh, per quanto glielo chiedessi e richiedessi mica me lo diceva.

Secondo me barava.

Ma lui insisteva: io, Beatrice mia, luce della mia luce, luce che vien dalla luce, io, io dirò di te cose che mai nessuno ha detto d'altre, d'altre donne, di tutte le altre donne. Tu, tu sarai... sarai...

*

Sì: sarò, sarai, saremo – e intanto, grazie alla solita Fiorenza, ho saputo che, con una di queste «dello schermo», aveva fatto una crociera non so dove, ma lontano, e a caro prezzo.

Per quelle là non badava a spese.

Il bello è però che, non avendone mai abbastanza in fatto di gonnelle, oltre alle «schermo» a un certo punto è comparsa addirittura una certa DONNA GENTILE.

Una che, a suo dire (del Dante), aveva il compito, pensate un po', di consolarlo per la mia cattiveria. Già, siccome io continuavo a risentirmi, lui, sentendosi trascurato, si faceva coccolare da tale donna gentile o gentildonna.

Lei, la furba, gli aveva strizzato l'occhiolino da una finestra, proprio nel periodo che lui era depresso a causa mia. Cioè nel periodo in cui lui diceva di esser depresso perché io non lo salutavo più.

(In realtà dev'esser stato depresso perché la centotrentesima «dello schermo» non si mostrava abbastanza compiacente, o la centoquarantottesima.)

Comunque 'sta gentile, sempre secondo la versione del Dante, mi somigliava molto.

Capirai che soddisfazione!

È come te, mi piangeva addosso il Dante, cogli occhioni umidi e il nasone gocciolante, è il tuo specchio. Guardando lei, vedo te. Anche la sua voce ricorda tanto tanto la tua. Mi par d'essere con te, stando con lei.

*

Dio mio! Che scuse meschine! Che faccia tosta!

A lungo andare non ne potevo più. Non era un uomo, né un poeta. Era una banderuola. La prima che passava se lo portava via, docile docile come un cagnolino.

Per un pezzo ancora l'ho tenuto sulla corda: una volta lo salutavo, l'altra no; una volta gli facevo un bel sorriso, l'altra lo ignoravo.

Perché mi tieni in questo purgatorio, mi sospirava, che peccati devo scontare?

La risposta era piuttosto facile: se non li sai tu, Dante caro, i tuoi peccati...

Alla fine, dato che mi ero seccata sul serio, l'ho mandato dritto dritto all'inferno.

La signora Gina Nariporti ha ricevuto l'altroieri la seguente lettera dall'ASL tragedistana orientale, sezione assistenza psichiatrica:

Gentile signora,
ci risulta che il paziente Nardozzi Emilio, altri-

menti noto come «Dante» ha intrattenuto con Lei rapporti epistolari e non solo.

Siccome il paziente in oggetto risulta affetto da una particolare sindrome schizo-megalomanica per la quale pone in essere comportamenti abnormi, indotti dall'erronea credenza di rappresentare la reincarnazione del poeta Dante Alighieri, La preghiamo urgentemente di mettersi in contatto con noi.

L'avvertiamo fin d'ora che il paziente non è sostanzialmente pericoloso e che anche altre signore e signorine sono state da lui blandamente importunate.

Cordiali saluti

Il responsabile dell'ASL tragedistana orientale
(sezione assistenza psichiatrica)

Sotterranei II

Una mano femminile dalle lunghe dita sottili; una colonna, da cui spunta, quella mano, che afferra saldamente qualcosa, qualcosa di rettangolare: una foto incorniciata? un quadretto? un quadernetto? No: è un libro, piccolo, la cui copertina è... è...

«Zacchi? Sei tu?»

«Mma... ma non è mica lei!»

«Sono Caterina Alambicchi, Ileana non è potuta venire, ho qua un campione della merce...»

«Fa' vedere...»

«Prima la parola d'ordine.»

«Oltre la spera.»

«Controparola?»

«Che più larga gira.»

«Perfetto.»

Mani febbrili si passano un volumetto esile che porta in copertina la riproduzione d'un antico affresco.

«È un'edizione economica, ma non è peggio di altre.»

Rumore sottile di pagine sfogliate.

«*E così dimorai alquanti dì con disiderio di dire e paura di cominciare*... sono le ultime parole del capitolo diciottesimo... Chi l'ha descritta meglio di lui, meglio di

Dante, qui nella *Vita nuova*, quest'angoscia iniziale? Questa oscillazione tra volontà di esprimersi e paura, vera paura, terrore, che prende chiunque si accinga a scrivere, sia lui, Dante, o sia l'ultimo dei pennivendoli.»

«I nostri profi.»

«E questo sonetto per la donna gentile... *Color d'amor e di pietà sembianti / non preser mai così mirabilmente / viso di donna... come lo vostro...*»

«Ma sembra quasi D'Annunzio!»

«Vero? *Bocca d'Arno* direi...»

«Diresti bene, perché *Bocca d'Arno* attacca proprio così: *Bocca di donna mai mi fu di tanta / soavità nell'amorosa via / se non la tua...*»

«Pensa che quando ho tentato di farlo notare al prof, mi ha quasi aggredito. 'Non rientra negli OSA!' – gridava – 'Esula dalle UIA! Non c'entra con il DIVA!' Poveraccio. Era così incazzato che non ho osato nemmeno chiedergli cosa diavolo fossero UIA OSA DIVA...»

«Bisogna compatirli...»

«Ragazzi, qua si fa notte, anzi si sta facendo giorno. Vogliamo concludere?»

«Hai ragione, Alambicchi.»

«Ma non s'era concordato, con Ileana, che ci procurava anche un *Ortis*?»

«Eccolo qua.»

«Bene bene.»

«È commentato, però sobriamente.»

«A noi basta che non ci siano eserciziari, schede di controllo, riepilogo, ripasso e rinforzo; che non ci siano quelle domande demenziali, tipo: secondo la tua personale esperienza, quali sentimenti prova Jacopo Ortis nel momento del suicidio? E se uno per caso risponde: non lo so: attualmente non mi sono ancora suicidato;

però, se continuano domande di questo calibro, non si sa mai, stiamo a vedere... Se uno risponde così, cioè a tono, secondo me, cosa succede?»

«S'incazzano.»

«Già. S'incazzano sempre.»

«Ragazzi! Cerchiamo di non divagare troppo!»

«Certo certo».

Compulsano il volume, un onesto tascabile.

«Certo 'sto Ortis, o grida o piange...»

«Come avranno fatto i profi, a farne la parodia?»

«Parodia d'una parodia.»

«Però quando scrive dei troni, che hanno per fondamenta i cadaveri, sembra Elias Canetti...»

«In effetti, il potente che siede, letteralmente siede, sui mucchi di morti...»

«O quando, come qua, è secco secco: *Tutto mi si dilegua. Io veniva a rivedere ansiosamente il Bertola; da gran tempo io non aveva sue lettere – È morto*. Allora sì che è bello.»

«Peccato che pianga sempre.»

«O gridi.»

«Che fate ragazzi? Prendete?»

«Sì, va bene.»

«Il quantitativo dell'altra volta?»

«Sì, più o meno.»

«Mi farò dire da Ileana.»

«Salutacela.»

«A presto.»

«A presto.»

Requisitoria finale

Il Preside Kalforth è raggiante. Si è messo una giacca psichedelica iridescente, una cravatta metallizzata mai vista prima. Le sue scarpe mandano un bagliore che acceca.

«Sono fiero di voi» grida, «la nostra scuola è all'avanguardia. Siamo sulla bocca di tutti: Ministero, GRUL, Intendenza Regional-Provinciale, Istituto Sociopedopsicagogico Transfrontaliero Occiduo Permanente! Nessuna scuola ha interpretato come la nostra il senso del SARPIAD! Nessuna ha portato a compimento il GRAPRORISCLA con l'impegno, la dedizione, la capacità della nostra! Ma non dobbiamo riposarci sugli allori! È solo il primo passo! Ci si apre davanti un campo vastissimo d'applicazione! Riscriveremo (cioè: riscriverete) TUTTA LA LETTERATURA ITALIANA. E anche quella tragedistana, qualora nel frattempo si formi. E magari, magari (perché porre limiti al GRAPRORISCLA?) TUTTA LA LETTERATURA EUROPEA! QUELLA MONDIALE!! QUELLA DEI MONDI POSSIBILI!!!»

La voce del Preside pare avere la potenza dell'organo di non si sa quante canne che gli sta alle spalle.

Poi si placa un po' e, per gratificare la sua (falsa) coscienza di sincero democratico, si rivolge all'uditorio di professori con un suadente: «Ci sono forse obiezioni?»

Si alza Dan Baha. Stringe tra le mani una borsa di pelle nera.

Crepereia Trifena lo fissa, dal suo ciuffo color carota salgono fulgori d'acciaio.

Lo fissa Pomponia Grecina, la piuma sul cappellino è stranamente immobile.

Anche gli occhi porcini di Toboso fissano Dan Baha; e anche gli occhi languidi di Sacer, e quelli di Pippetti e quelli di Porfirione (che però, a rigore, fissa qualcos'altro, oltre Dan Baha; forse il vuoto).

Malgorzata Zebitowska sfodera, verso Dan Baha, il più polacco dei suoi sguardi, mentre Perkollha abbraccia, con un'occhiata vagamente sessuale, il tutto intorno a lui, e dentro c'è, incidentalmente, anche Dan Baha.

Preside: «Ebbene, Baha?»

Baha sta per prendere la parola, tutti i suoi colleghi hanno all'unisono, ma all'insaputa l'uno dell'altro, lo stesso presentimento: vuoi vedere che il Baha si produce in un bel pistolotto contro la scuola, prova generale per il suo libro? Sono anni che ci va rompendo le scatole con questo suo *famoso* libro contro la scuola, anche se la scuola gli dà da mangiare, in fin dei conti; ma lui qua si sente *sprecato*, sputa nel piatto e magari sotto sotto (o sopra sopra) pensa anche di ricavarci qualche soldino, povero scemo!

Ma non è un presentimento che s'imponga con la forza d'una visione netta. È confuso, oscillante; barcolla come un ubriaco.

«Signor Preside, care colleghe e cari colleghi» comincia Baha, «è vero: abbiamo lavorato molto al GRA-

PRORISCLA, abbiamo profuso molta energia. Ma ne è valsa la pena? Mi risulta che gruppuscoli di alunni si passino nottetempo, come contrabbandieri, come carbonari, copie degli originali dei *Promessi Sposi*, della *Vita nuova*, e persino dell'*Ortis*! Mi risulta che siano stomacati dalle nostre rielaborazioni attualizzanti, *al passo coi tempi*! Se era questo il fine che voleva raggiungere il GRAPRORISCLA, cioè indirizzare i giovani verso i classici italiani, in tutta la loro splendida inattualità (che è in realtà l'attualità vera), se era questo il nostro fine, allora è stato raggiunto.»

Il Preside accenna un sorriso. Che vorrebbe essere diabolico. Ma riesce più vicino a un sorriso di soddisfazione postprandiale, quando si è mangiato bene, e non si aspetta che una buona pennichella. Anche questo strano sorriso rimane sospeso nell'aria. Che abbia fatto un patto, il Preside, no, non col diavolo, ma, almeno, col gatto del Cheshire?

«Eppure» prosegue Baha, «nutro più d'un dubbio che nelle menti ministeriali e/o regional-provinciali tragedistane alberghi tanto obliquo machiavellismo. Che lì, all'interno di quelle cosiddette amministrazioni scolastiche, ci sia qualcuno capace di capire che, per ottenere qualcosa, si debba cercarne l'opposto. E allora che senso ha avuto, tutto ciò? Che senso ha? O, detto in altri termini, che ci stiamo a fare noi qui, a scuola? A che serve la scuola? Cos'è la scuola? Cos'è diventata? O: cos'è sempre stata? Lasciamo perdere i programmi ufficiali, le circolari, le ordinanze, i PIF i POF i PEI, e il DIVA e il SARPIAD, gli UEI, gli OSA, gli ISA. Lasciamo stare anche i numerosi pamphlet del *lamento scolastico*, come sono stati autorevolmente definiti, cioè gl'innumerevoli testi in cui professori e professoresse si lagnano dell'inverosimile decadenza della scuola di oggi rispetto agli austeri e severi studi che si facevano nelle scuole d'un tempo. Visto che noi insegniamo letteratura (quelli di noi che lo fanno), rivolgiamoci a essa. Non abbiamo paura d'interrogare i testi letterari. Non crediamo a quelli che c'impongono di distinguere tra *lingua* e *letteratura*, come se fossero due cose differenti. Anzi: questi qui chiamiamoli col loro nome: IMBECILLI. Costoro evidentemente non hanno letto Dante, impegnati a leggere come sono gl'inutili manualacci di didattica, didattica integrata e socio-psico-pedo-pornografia. Se avessero mai preso in mano Dante, saprebbero che, per lui, la letteratura altro non è che la GLORIA DELLA LINGUA! Capito? Sissignori, la letteratura questo è: il CORPO GLORIOSO DELLA LINGUA. Altro che ridicole distinzioni surrettizie tra lingua e letteratura.»

Dan Baha apre la borsa, ne cava un volume rosa.

È uno delle Belles Lettres. Non l'avrà mai aperto, se non per l'occasione, pensa la Trifena.

Dan Baha legge ad alta voce:

«*I ragazzi nelle scuole rincoglioniscono completamente, perché non vedono né sentono cose reali.*

«Signor Preside, cari colleghi, lo sapete cos'è questo? È il primo capitolo del *Satyricon* di Petronio.»

Il testo originale recita *stultissimos fieri*, *diventano stupidissimi*: le solite deformazioni del Baha, chiosa mentalmente Crepereia Trifena.

Sacer ha le palpebre abbassate, mentre Pomponia Grecina reclina il capo all'indietro, facendo oscillare la piumetta sul cappello, per un po'; poi cadono insieme, piumetta e cappello.

«Ed è, come il secondo, una lunga tirata contro le scuole di allora, scuole d'eloquenza, fossero del primo o del secondo o del terzo secolo dopo Cristo. La datazione è incerta. Certa è l'insoddisfazione degli studenti dell'epoca.

«E i capitoli immediatamente successivi, terzo e quarto, del *Satyricon* sempre, cosa sono? Sono la replica del professor Agamennone, cioè del retore Agamennone, che si difende dalle accuse dello studente Encolpio, scaricando la colpa su chi? Ma sui genitori degli alunni. Che, in nome della fretta, vogliono per i loro figli scuole sempre più facili. *Bisognerebbe spaccargli la schiena, ai genitori* dice accalorandosi Agamennone.»

Macché, lo contraddice in silenzio Crepereia, Agamennone dice: *parentes obiurgatione digni sunt*, cioè *i genitori son degni di rimprovero*; Baha è malato d'esagerazione!

Porfirione è finito con la sua grossa testa di psicologo sulle spalle ossute di Pippetti. Pippetti, per una misteriosa proprietà transitiva, s'è accomodato con la sua testina fine sull'ampia spalla di Porfirione.

«Insomma, la situazione era tal quale a oggi: distacco scuola-vita; intrusione indebita dei genitori, che, come oggi, non capiscono niente, e nondimeno vogliono sempre dir la loro.

«Quante volte non l'abbiamo sentita la tiritera del distacco scuola-vita! In genere la frase immancabile al proposito è di Seneca, lo sapete benissimo: *non vitae, sed scholae discimus*, chiusa dell'epistola 106 *ad Lucilium*, scritta forse negli stessi anni in cui Petronio scriveva il *Satyricon*, posto che sia davvero lui quel Petronius Arbiter ricordato in un famoso passo degli *Annales* di Tacito (libro XVI).»

Baha, vedi di non strafare, gl'intima col pensiero la Trifena.

Perkollha scende con dolcezza negli abissi dell'incoscienza, quasi fossero quelli del piacere.

«Retrocediamo di poco nel tempo. Ancora Roma, ma epoca repubblicana. Orazio ricorda che il suo maestro, Orbilius, gli faceva leggere opere disgustosamente arcaiche, lontane dai gusti attuali (attuali nel primo secolo avanti Cristo), che non suscitavano in lui alcun interesse, come, per esempio, l'*Odusia* di Livio Andronico; al punto che il suddetto Orbilius, a Orazio, l'*Odusia* gliela faceva leggere a suon di sganassoni e frustate o peggio.»

Ma è possibile che non faccia una citazione giusta che sia una? Orazio definisce Orbilius semplicemente *plagosus*, *manesco*; il resto è tutta roba del Baha (Trifena, ancora lei, tra sé).

Toboso sta sperimentando uno stato di assoluta atarassia.

«Adesso invece balziamo in avanti. Un gran bel salto. E siamo in pieno Rinascimento. Rabelais. *La molto spaventevole vita del Grande Gargantua*, capitolo XVI. È il padre di Gargantua, Grangola, ad accorgersi che il figlio alla scuola dei pedagoghi Thubal Oloferne e Jobelin Bridé (Sciocco-con-le-briglie) *non ne profittava niente, di quell'insegnamento e, quel ch'è peggio, diventava folle, scemo, rimbecillito, stupido*. (Una volta tanto un genitore che fa osservazioni puntuali!) Da Petronio a Rabelais son passati secoli e secoli, più d'un millennio, ma la sostanza non cambia: la scuola rincoglionisce!

«Ora un'altra acrobazia cronologica: tre romanzi in lingua tedesca dei primi anni del Novecento. *I Buddenbrook* di Mann (1901), *Sotto la ruota* di Hesse e il *Törless* di Musil (entrambi del 1906).»

Vorrà dire *I turbamenti del cadetto Törless*, *Die*

Verwirrungen des Zöglings Törless (ancora Trifena, sempre Trifena, sempre in silenzio, ma con meno verve di prima).

«Che la scuola in essi rappresentata sia il convitto militare di Märisch-Weisskirchen (oggi Hranice)...»

Al suono di questo toponimo slavo Malgorzata Zebitowska si riscuote un attimo dal suo torpore, ma subito vi riprecipita dentro, impercettibilmente.

«... come in Musil, o il seminario teologico di Maulbronn, come in Hesse, o un liceo di Lubecca (Mann) non muta nulla.

«Leggetevi le pagine del colloquio tra il cadetto Törless e il suo professore di matematica a proposito dei numeri immaginari; o quelle del colloquio tra l'allievo Giebenrath e il Rettore del seminario teologico a proposito delle cattive compagnie. O quelle che chiudono il romanzo di Mann e che sono la cronaca di un giorno nella vita del piccolo Johann Buddenbrook, nella cui classe il primo della classe aveva nome Adolf Todtenhaupt (Adolfo Testa-di-morto) e i professori erano un derelitto autoritario peggio dell'altro (o uno sfigato autoritario peggio dell'altro, per servirci delle locuzioni in auge presso i nostri alunni). Sì, leggetevele, quelle pagine. Vi troverete un uguale vuoto, un uguale orrore, un'identica dichiarazione d'inimicizia, quando non di guerra aperta, tra il genio e la corporazione degli insegnanti, una frattura profonda, antica di secoli, o millenni, tra professori e alunni geniali o, più modestamente, tra professori e alunni intelligenti; o tra professori e alunni e basta.

«Permettetemi di continuare in questi miei vagabondaggi nel tempo e nei libri.»

Veramente non dovrebbe chiedere il permesso a

nessuno, Baha, neanche al Preside, neanche più alla Trifena.

«Nessuno mi toglie dalla testa che tra i motivi fondamentali che spinsero alla conversione Agostino ci fosse l'abbandono dell'insegnamento. Chissà che non fosse proprio il motivo fondamentale.

«Agostino, è noto, insegnava retorica a Cartagine – e lì gli studenti erano, a dir poco, tumultuosi. Irrompevano nell'aula berciando, strepitando, rendendo difficile la lezione. Vi ricorda niente questo fatto? Comunque: allora Agostino si è trasferito a Roma, dove, in effetti, gli studenti erano più disciplinati – però, al momento di pagare, se la squagliavano senza lasciare tracce. Decide quindi di passare a Milano, dove insegna, ma non per molto. Con quale gioia riferisce delle sue dimissioni dalla scuola, giusto in coincidenza con le vacanze per la vendemmia (bei tempi, quando esistevano queste benedette ferie agresti!). Non ne voleva più sapere di stare su quella cattedra di menzogna a spacciare parole vane.

«Dove ho letto dell'esistenza di un gustoso volume dei signori Goertzel&Goertzel dal titolo *Cradles of Eminence*, resoconto dell'infanzia e adolescenza di ben quattrocento personaggi eminenti della nostra epoca? Ebbene non ce n'è pressoché uno, di questi quattrocento eminenti, che non abbia vissuto la scuola come incubo, come inferno.»

Sacer si agita nel sonno.

«Quali conclusioni trarre da questo andirivieni nella storia e nei sistemi scolastici più vari? Una sola, molto semplice, a mio parere: LA SCUOLA È IRREDIMIBILE, SEMPRE E OVUNQUE!»

Si riaprono contemporaneamente molte paia di occhi; sbattono molte paia di ciglia. È un incrociarsi d'espressioni imbambolate. Porfirione, Pippetti, Sacer, la Trifena, la Grecina, Toboso, Perkollha. Dove siamo? Che ore sono? Ma quando Baha riattacca, cedono di nuovo, l'uno dopo l'altro, al sonno che li avviluppa saldamente.

«Qualunque tipo di scuola, pubblica, privata, parificata, laica, confessionale, steineriana, montessoriana: irredimibile, irredimibile! Qualsiasi metodo adotti, autoritario, democratico, permissivo, anarco-casinistico: irredimibile, irredimibile!

«Ma non crediate che io disprezzi l'insegnamento o, come scrivono i manuali di didattica, una volta tanto giustamente, l'insegnamento-apprendimento, col trattino, perché è verissimo che chi insegna impara, e chi impara insegna: processo di magnifica reciprocità.

«Io venero l'insegnamento, e in esso ammiro una delle forme più sublimi di attività umana! L'insegnamento è come l'amore – ma non ha niente a che fare con la scuola.

«E se la tomba dell'amore è il matrimonio, la scuola è la tomba dell'insegnamento.

«Si vede che sia l'uno che l'altro, insegnamento e amore, sono esperienze troppo forti, troppo coinvolgenti e alte – per esser sopportate dall'umanità tutta. Ergo si tende a spegnerle o fiaccarle, attutirle: con la scuola o il matrimonio.»

Grrruuuunfff... pffffh... fffiiiiihhh...

«Cos'è il matrimonio, se non la versione legalmente regolata, burocratizzata, dell'amore? Cioè la sua morte.

«Cos'è la scuola, se non la versione legalmente regolata, burocratizzata dell'insegnamento? Cioè la sua morte.»

Gnooooaarrrrrrhh... gnurrrrhh... sgnarrhh...

«Cristo, Buddha, Socrate: altrettanti maestri, o insegnanti e insegnavano infatti, a discepoli, alunni, scolari del loro magistero.

«Ma ve l'immaginate Cristo che, nel bel mezzo del discorso della montagna, viene interrotto dal suono della campanella: Beati i... dlin dlin dlin vabbè, Maestro, ce lo dirà la prossima ora; o Buddha nel bel mezzo della predica di Benares; e Socrate? Socrate sarebbe stato buttato fuori con ignominia dalle scuole di ogni ordine e grado perché, data la sua nota avversione alla scrittura, non teneva in ordine il registro, anzi non lo teneva proprio...»

Gnrrrhh... gruuuhhh... sgnooaarrrrhh...

«Già di per sé la cornice burocratica è un limite mortale a qualsivoglia tipo di serio insegnamento. Ma oggi, poi! Oggi la cornice è talmente estesa che si è mangiata il quadro. C'è solo cornice, il quadro è un puntolino non più visibile a occhio nudo, e nemmeno con la lente – ci vuole un microscopio, elettronico, per vederlo, il quadro. Altro che cornice!»

L'intero corpo insegnante è ormai un insieme di corpi arresi senza condizioni al sonno: stravaccati sulle poltroncine rosse, piegati gli uni sugli altri, alcuni letteralmente stesi a terra, supini, bocconi – e russano senza alcun ritegno.

«E se la scuola è irredimibile, vuol dire anche che è irriformabile – a meno che non sia riformabile la natura umana, cosa di cui mi permetto di dubitare. Comunque, in attesa che qualche governo si proponga, tra i punti salienti del suo programma, LA RIFORMA DELLA NATURA UMANA – che fare? Perché, mi direte voi, continuare a venir qua, a scuola, a scaldare la cattedra? Non sarebbe meglio, date queste premesse, cercarsi un altro lavoro? Lasciare al suo destino questo cieco impianto collettore di circolari, ordinanze, regolamenti e verbali che è la scuola?

« Certo la cosa migliore sarebbe venir qua, prendere i ragazzi e portarli fuori a vedere le stelle, come faceva Ponocrates con Gargantua, o l'abate Blanes con Fabrizio del Dongo.

« Ma se la scuola è un incubo, un inferno, forse la cosa migliore è stare ben dentro l'inferno, per cercare chi e cosa, dentro l'inferno, non è inferno, e dargli spazio e farlo durare; per cercare, con fatica disperata, di mantenere vivi frammenti d'insegnamento dentro la camera mortuaria degli orari e dei debiti e dei crediti. »

Solo adesso Dan Baha si accorge che intorno a lui dormono tutti. Ha parlato al vuoto. Non importa.

« Uno deve vegliare » dice a se stesso, nella sua sconfinata presunzione, il prof. Dan Baha.

Note, ringraziamento e dedica

Il termine *skillaggio*, nel capitolo *Il discorso del Preside*, è tratto dal seguente testo: *Rapporto finale del Gruppo Ristretto di Lavoro costituito con D.m. 18 luglio 2001, n. 672*, MIUR, Roma, 2001, p. 15.

Lo studioso Zottoli, menzionato nel capitolo *Lavori in corso II*, si chiamava in realtà Angelandrea, non Arcangelandrea.

Il capitolo *Mi chiamava Beatrice* è uscito, in forma parzialmente diversa, su «Confidenze», 2, 2005.

Desidero ringraziare la duchessa Laura de Bosiis, per avermi messo liberalmente a disposizione, durante la stesura di questo libro, la sua magnifica dimora lionese di rue Curius Dentatus.

Questo libro è dedicato ai *fanti perduti della letteratura*, ossia gli scrittori che non solo non temono la reputazione incomoda e pericolosa di amici del paradosso, ma addirittura vi ambiscono.

INDICE

Fotocomposizione:
Nuovo Gruppo Grafico s.r.l. - Milano

Finito di stampare
nel mese di settembre 2006
per conto della Ugo Guanda S.p.A.
dalla Grafica Veneta S.p.A.
di Trebaseleghe (PD)
Printed in Italy